JN131527

旅をした日

［新］詩論・エッセイ文庫⑭

外村文象

土曜美術社出版販売

［新］詩論・エッセイ文庫14

旅をした日＊目次

旅をした日

I

旅をした日

コロナ禍の昨今、外出自粛をして自宅で過ごすことが多くなっている。

書棚から本を取り出して読み返したりしている。時には古いアルバムのページを開くこともある。めったにない機会とも言える。旅をした日の思い出が甦って来る。

一九八八（昭和六十三）年は私たち夫婦の銀婚式の年であった。妻の希望で沖縄旅行をすることになった。私にとっては初めての沖縄。旅の気分を満喫することができた。美しい海や水族館、それに久米島などが思い出として残っている。

翌年には、長女、二女と家族四人のシンガポール旅行をした。長男は結婚して高槻市内の文化住宅に住んでいた。

シンガポールも初めての土地だった。現地では若い男性のガイドが付いてくれた。日本からの旅行者は私たちの家族以外にはいなかった。

これまでこうした家族旅行をする機会がほとんどなかった。そういう意味では貴重な家族旅行だった。

翌年の六月に妻は脳腫瘍を発病し、秋には帰らぬ人となった。享年五十歳だった。

私が定年の前に「綾羽絵画クラブ」が誕生し入会した。指導者は草津市在住の洋画家・新庄拳吾先生だった。

定年後、私は地元の高槻市絵画同好会に入会した。毎週火曜日の夜に二時間、ヌードクロッキーを行っていた。

一九九五（平成七）年には高槻市の洋画家・小阪謙造氏による西洋美術研究会企画のフランス、ベルギーのスケッチの旅、十二日間に参加した。参加者は十六名だった。私には初めてのヨーロッパで見るものが新鮮だった。ヨーロッパでは中世の建物が保存されていて落ち着きがあった。精神のやすらぎが感じられた。この旅行はその後も毎年継続して行われ、私は毎年参加した。私は水彩画を描いた。

絵のグループの中には旅行好きな女性がいて、旅の記録を冊子にしてくれていた。いまそれを参考にしながら旅の日々を振り返ってみよう。

フランスの庭ロワール河畔古城巡りとパリの休日　西洋美術研究会のスケッチの旅

一九九九（平成十一）年五月十六日―五月二十四日　九日間
参加人員二十二名（男性十一名　女性十一名）
シャルトル大聖堂、フジエール城、シャンボール城、シュヴェルニー城、ブロワ城、シュノンソー城、アンボワーズ城、アゼ・ル・リドー城、シーン城、ユッセ城、ヴィランドリー城を巡った後、パリの市内観光、そしてジベルニー観光ではモネの家に立ち寄った。

東北　みちのくの旅

一九九九年八月二十三日―八月三十日　八日間
参加人員八名（男性四名　女性四名）
二台の乗用車に四名ずつ分乗しての旅。
高槻を出発し京都南インターから名神高速道路を走り米原経由北陸道へ。
喜多方に到着。ラーメンが有名。
裏磐梯ロイヤルホテルに宿泊。
八月二十四日（火）
五色沼ハイキングコースを散策。
柳沼、青沼、るり沼、弁天沼、み泥沼、毘沙門沼を巡った。
鳳来山をスケッチした。

花巻温泉に到着。ホテル紅葉館に宿泊（国際興業経営）。

八月二十五日（水）

朝食後、近くの釜淵の滝へ。

宮沢賢治の生家、同心家屋、宮沢賢治詩碑、イーハトーブ館、宮沢賢治記念館を巡り、昼食はレストラン「山猫」注文の多い料理店で食べる。スケッチの後、遠野へ。曲がり家（千葉家）、五百羅漢などを観る。民宿「りんどう」に宿泊。

私は「たかつき賢治の会」で宮沢賢治童話を学んでいるので、花巻に来られたことは大きな喜びだった。

八月二十六日（木）

風の丘でスケッチする。

とおの昔話村、市立博物館、カッパ淵に立ち寄り、盛岡に向かった。

昼食には盛岡名物のワンコソバを食べる。

盛岡市では啄木の新婚の家、石割り桜、石川啄木記念館、渋民尋常高等小学校を観て小岩井農場へ。

つなぎ温泉のホテル大観に宿泊。

八月二十七日（金）雨
平泉の中尊寺へ。

登米町は宮城の明治村と言われている。

ホテル松島大観荘に宿泊。

八月二十八日（土）

松島、小雨の中を五大堂まで散歩する。

瑞巌寺を訪ねる。

松島北からハイウェイを走り、宇都宮と日光へ。

華厳の滝を観た後、東照宮を参拝して伊香保に向かう。山の中を走り夕闇が迫って道に迷った。

伊香保グランドホテルに宿泊。

八月二十九日（日）

竹下夢二記念館。

榛名湖。

昼食はゴルフ場で。

軽井沢へ行く途中で浅間山をスケッチする。軽井沢に着く。八ヶ岳へ向けて走る。

ダイヤモンド八ヶ岳美術館リゾートホテルに宿泊。

八月三十日（月）

東洋大橋でスケッチする。

滝沢牧場でスケッチする。
昼食は八ヶ岳高原ヒュッテのレストランで。
帰路は小淵沢ＩＣ～中央道～名神～京都南ＩＣ～高槻に帰着。

冊子の巻末には吉田文弥さんの水彩画のスケッチが九枚添えられている。見事な作品である。後に彼は日展の洋画の部に入選している。良き仲間に恵まれた幸せを感じている。
この旅の企画は洋画家の小阪謙造さん。

スペインの旅　西洋美術研究会
二〇〇〇（平成十二）年、私が誘って滋賀県在住の親戚の人四人（うち三人はいとこ）が初参加した。後日楽しい旅行だったと喜んでもらえた。

九州雲仙、阿蘇、湯布院三日間の旅
二〇〇〇年八月三十日～九月一日
旅行会社　阪急交通社の団体旅行。
高槻近郊に住む絵の仲間八名（男性四名　女性四名）が参加。
八月三十日（水）

伊丹空港からＡＮＫ５８１便で佐賀空港へ。
到着後は観光バスで移動。
嬉野陶彩館で昼食。
嬉野インターから長崎自動車道を走る。
諫早インターで降りてＲ57号線を走る。
愛野ベルハウスで休憩、普賢岳をスケッチ。
雲仙温泉に着く。地獄めぐりをして解散、自由行動となる。
雲仙地獄めぐりでスケッチする。
夕食はグループごとの部屋で宴会。
磐城ホテルに宿泊。
八月三十一日（木）
長崎市内観光。
大浦天主堂。
グラバー園でスケッチ。
平和公園。
昼食は中華で皿うどん。
長崎から島原へ向けて走る。

島原へフェリーに乗る、熊本港に到着。

夕食は広間で各グループごとに別れて食べる。

菊地グランドホテルに宿泊。

九月一日（金）

阿蘇へ向かう。

くじゅう花公園でスケッチする。

昼食は瀬の本高原三愛レストラン。

湯布院へ向けてバスは走る。

金鱗湖あたりを散策、スケッチする。

高速（大分自動車道）に入り福岡へ。

福岡市内に着き九州物産店で最後の買い物。

福岡空港で夕食に博多ラーメンを食べて、ANK220便で伊丹空港へ。

冊子の巻末に吉田文弥さんの水彩画のスケッチ五枚が添えられている。素晴しい作品である。

アルザス・ワイン街道からスイス・フランス魅惑の旅　西洋美術研究会

二〇〇一（平成十三）年六月十六日〜六月二十七日　十二日間
旅行会社　旅のデザインルーム
参加人員　二十三名（男性十一名　女性十二名）
六月十六日（土）
ＪＡＬ４２５便は午前十一時三十分離陸。パリのドゴール空港でストラスブール行きに乗り換える。
マイソンロウジホテルに宿泊。
六月十七日（日）
アルザス地方、フランスの北東端、ライン川をはさんでドイツと国境を接し、西はヴォージュ山脈にはさまれる。
ストラスブール、アルザス地方の首都。
グーテンベルグ広場、ノートルダム大聖堂、ロアン城、ノートルダム博物館、画家の家（バラのしげみの聖女）、コブタ広場、運河めぐり。
昼食はレストランで。
昼食後は自由行動、スケッチをする。
夕食はホテルのレストランでベックオフ料理（ブタ肉）。
六月十八日（月）

ホテルを午前八時三十分に観光バスで出発。メッスの町に到着。スケッチをする。

昼食はレストランで。

メッスの町を出てハイウェイをナンシーへ向かう。

ナンシー美術館を見学。

夕食はレストランで。

ホテルTURENNEに宿泊。

六月十九日（火）

今日はアルザス街道の観光とスケッチ。

オー・クニクスプール城でスケッチする。

リクヴィル村、カイゼルスベルグ村。

昼食はアルザス料理。

昼食後はスケッチをする。

コルマールに戻り市内観光。

サン・マルタ協会、頭の家、革なめし職人の道、自由の聖人の像、漁師の家、プチット・ヴニース。ここから自由行動。

夕食はレストランで。

六月二十日（水）

ホテルを午前八時に出発、フランシュ・コンテ地方に入る。十時ブサンソンに到着。

グランヴェル宮殿、サン・ジャン大聖堂、ユーゴの家、そしてブサンソン美術館を見学。

昼食はドーブ河の岸辺に浮かぶレストランで。

昼食後スケッチタイム。

午後四時過ぎローザンヌに向けて出発、四時三十五分に国境を通過、スイスに入る。

夕食はホテルのレストランで。

レマン湖畔のホテルＡＵＬＡＣに宿泊。

私はスイスは初めてである。

六月二十一日（木）

ローザンヌの市内観光。

オリンピックミュージアム、ノートルダム大聖堂、旧市街（バリュ広場）、市庁舎、正義の女神像の立つ噴水。

昼食は山の上の山小屋風のレストランで。

ジュネーブ、レマン湖とローヌ川沿いに開け、南にモンブラン、西にジュラ山脈を望む、ヨーロッパ有数の景勝地。

レマン湖を出発、シャモニへ。

夕食はホテルのレストランで。

ホテルＬＥ　ＰＲＩＥＵＲＥに宿泊。

六月二十二日（金）

ホテルを午前八時三十分に出発。

今日はモンブランの山の方へ。

ケーブル乗り場に行きリフトに乗る。

昼食後、登山電車に乗りモンタベールに登り、メールド・グラス氷河とドリュー針の山や、グランド・ジュアス山の絶景を楽しむ。

夕食はレストランで。

六月二十三日（土）

ホテルを午前八時に出発、グルノーブルへ。

グルノーブル美術館を見学。ピカソやマチスの絵を見る。

バブルという名の透明なゴンドラ（四連結）に乗ってバスティーニ城塞へ登る。

午後一時にアヌシーへ向かう。

昼食は町の中心の運河べりのレストランで。ノートルダム教会を通ってアヌシー駅の上のホテルに着く。

夕食はホテルのレストランで。

六月二十四日（日）

午前九時にホテルを出て、歩いて旧市街でスケッチをする。
昼食はそれぞれ自分でする。
旧市街の裏街をスケッチする。
夕食はレストラン「北京」で中華料理。
六月二十五日（月）
ホテルを午前八時にリヨンに向けて出発。
リヨンに十時到着。
ジャン大司教教会の前でスケッチする。
昼食はレストランで。
昼食後はフランスの新幹線に乗るためにペラージェ駅へ向かう。
TGV・ペラージェ駅を午後二時四十五分に出発、パリのリヨン駅に着く。
ホテルはパリの中心から離れた所。
最後の夕食のため、ホテルのバンケットルームでサヨウナラパーティ開催。
六月二十六日（火）
ホテルを午前九時三十分に出発。
グレ・シュル・ロワン村に到着。
昼食は用意されたおにぎり。

昼食後はバルビゾンへ向かう。

村の入口に「画家たちの村」と書かれた看板が立っている。

バスは空港へ走る。第二ターミナルへ午後二時到着。ＡＦ２３１８便でフランクフルトへ。ＪＡ４０８便で成田空港へ。

六月二十七日（水）

午後三時頃成田に帰着。国内線に乗り換えて大阪空港へ。

チェコ、ハンガリー魅惑の街々と帝都ベルリン　西洋美術研究会
二〇〇二（平成十四）年五月十七日～五月二十九日　十三日間
旅行会社　旅のデザインルーム
参加人員　二十一名（男性十四名　女性七名）
五月十七日（金）
関西空港に午前八時三十分集合。
ＫＬ８６８便でアムステルダムへ。
ブダペストへＫＬ０６６９便。
ホテルＡＳＴＯＲＩＡに宿泊。
五月十八日（土）

午前九時にホテルを出発、ブダペスト市内観光。
マーチャーシュ教会、漁夫の砦、英雄広場。
昼食はレストランで。
聖イトシュトヴァーン大聖堂、国会議事堂、くさり橋、シナゴーグ。
夕食はレストランで。
五月十九日（日）
ホテルを午前九時出発、郊外のホロクー村へ。
十時四十分に到着。散策とスケッチ。
昼食はレストランで。
昼食後は中世の町ドナウベントへ。
センテンドレでスケッチ。
夕食はホテルのレストランで。
五月二十日（月）
ハンガリーとも別れ、音楽の都ウイーンへ。
ホテルを午前八時三十分に出発。
ジュールのカルメン教会、大聖堂。
昼食はレストランで。

昼食後はウイーンの市内観光。
シェーンブルン宮殿、聖シュテファン寺院。
夕食はレストランで。
五月二十一日（火）
今日はプラハへ移動。
ホテルを午前八時三十分に出発。
九時四十分、バスの中でパスポートのチェックを受けチェコに入国。
ズノイモの聖ミハル教会。
テルチの聖ヤコブ教会。
昼食はレストランで。
チェスキー・クルムロフへ。
南ボヘミア地方へ。
ＳＴＥＫＬホテルに宿泊。
夕食はホテルのレストランで。
五月二十二日（水）
ホテルを午前八時三十分出発、今日はチェスキー・クルムロフの観光。
チェスキー・クルムロフ城を見学。

昼食はレストランで。
シャトラヴスカ通りからスケッチする。
夕食はレストランで。
五月二十三日（木）
朝食後、出発まで村へおりて教会をスケッチ。
ホテルを午前十時出発。
ズラター、コルナへ向かう。
チェスケー・ブディェヨヴィツェ。
昼食はレストランで。
プシェミスル・オタカル二世広場。
黒い塔。
聖ミクラーシュ教会。
時計台を備えた水色の市庁舎。
町でスケッチ。
午後二時にこの町を出て、ブルボカー城へ。午後四時プラハへ向けて出発。
夕食は中華レストランで。
五月二十四日（金）

今日はプラハの観光とスケッチ。
バスにてプラハ城まで行き観光。
黄金の小路、カレル橋。
ティーン教会、旧市庁舎。
昼食はレストランで。
昼食後は自由行動。
夕食はホテルの一室で立食。
国民劇場でモダン新作バレエの公演を観る、二時間の上演。
五月二十五日（土）
今日はプラハ郊外の観光とスケッチ。
午前七時三十分出発。
カルロヴィ・ヴァリ。
ウジーテルニー・コロナーダに到着。
ブルゼニュ。
昼食はレストランで。
昼食後はビール醸造博物館見学。
共和国広場で自由行動。

聖バルトロミュイ教会。
午後三時四十分プラハに戻る。
夕食はレストランで。
国立マリオネット劇場でドン・ジョバンニを二時間鑑賞した。
五月二十六日（日）
今日は列車でベルリンへ移動。
ホテルを午前八時二十分に出てホレショヴィツェ駅へ。
十一時十分頃国境通過、列車の中でパスポートのチェックを受ける。
昼食は列車の食堂車で。
十二時十五分、ドイツのドレスデンに到着。ベルリンのＺＯＯ駅に到着。
ベルリン市内観光。
絵画館、ボッティチェルリやレンブラント等の絵画があった。
ベルリンの壁。
ベルガモン博物館。
中近東アジア博物館。
イスラム美術博物館。
夕食はホテルのレストランでバイキング。

東ドイツのホテルＦＯＲＵＭに宿泊。
五月二十七日（月）
ホテルを午前八時四十分に出発、今日は郊外ポツダムの観光。
新宮殿・ノイエス・パレス。
サンスーシ宮殿。
ツェツィーリエンホーフ宮殿。
十一時二十分過ぎベルリンへ出発。
昼食はレストランで。
午後は自由行動。
最後の夜でホテルの一室でサヨウナラパーティ。
五月二十八日（火）
午前九時二十分ホテルを出発。
旧西ベルリンのテーゲル空港に到着。
ＫＬ１８２４便でアムステルダムへ。
アムステルダムから関西空港へＫＬ８６７便。
五月二十九日（水）
予定通り関西空港に帰着。

哀愁のポルトガルと北スペインの旅　西洋美術研究会

二〇〇三（平成十五）年六月十八日〜七月二日　十五日間
旅行会社　旅のデザインルーム
参加人員　二十五名（男性十三名　女性十二名）
六月十八日（水）
関西空港に午前九時三十分集合。
予定通り十一時四十五分に離陸。
約八時間のフライトでパリ・ドゴール空港に到着。パリで入国の手続きをする。
乗り換え、八時二十分AF2124便にてリスボンへ。空港到着後バスでホテルへ。
ホテルCONTINENTAL、三連泊。
六月十九日（木）
リスボン市内観光。
ベレンの塔。
発見のモニュメント。
ジエロニモス修道院。
アルファマ地区。

サンジョルジェ城。
昼食はホテルのレストランで。
エストリル。
カシュカイス。
ロカ岬。
シントラ。
夕食はホテルのレストランで。
六月二十日（金）
終日自由行動。
昼食はレストランで。
夕食はレストランでファドを楽しみながら。
六月二十一日（土）
ホテルを午前九時出発、アロイオロスに向かう。
サンバドール教会。
十一時三十分出発、エヴォラに向かう。
昼食は中華料理。
ディアナ神殿。

カテドラル。
ジラルド広場。
サン・フランシスコ教会。
夕食はホテルのレストランで。
ホテルＰＯＵＳＡＤＡに宿泊。
六月二十二日（日）
ホテルを午前九時出発。
今日は、エルパス、エストレモスの観光。
昼食はホテルのレストランで。
夕食はホテルのレストランで。
六月二十三日（月）
ホテルを午前九時三十分出発、オビドスの町へ。
昼食はレストランで。
サンタ・マリア教会。
夕食はホテルのレストランで。
ホテルＣＯＮＶＥＸＯに宿泊。
六月二十四日（火）

ホテルを午前八時三十分に出発。
ガルダス、ダ・ライーニャの町。
レプリカ広場朝市。
トマール。
キリスト修道院。
ファティマ。
昼食はレストランで。
バジリカ。
ナザレ。
サン・ミゲル砦。
夕食はホテルのレストランで。
六月二十五日（水）
ホテルを午前九時に出発、バターリャの町へ。
勝利のサンタ・マリア修道院。
コインブラ。
昼食はレストランで。
コインブラの市内観光。

コインブラ大学。
ボルトへ向かう。
夕食はホテルのレストランで。
ホテルＭＥＲＣＵＲＥに宿泊。
六月二十六日（木）
午前九時三十分より市内観光。
サント・イルデフォンソ教会。
サンベント駅。
グレリゴスの塔。
バターリヤ広場。
サンタ・カタリーナ通り。
市役所。
グレーゴリスター広場。
サン・フランシスコ教会を見学。
ワイン工場を見学。
昼食はレストランで。
午後は自由行動。

夕食は城壁の中の小さなレストランで。
六月二十七日（金）
午前八時にホテルを出発、ギマンイスへ。
市内観光。
城跡。
サン・ミゲル教会。
サン・ティアゴ広場。
オリベイラ広場。
市庁舎などを歩いて見る。
バスでプラガへ向かう。
ボン・ジェズス・ド・モンテ教会。
カテドラル。
昼食はレストランで。
昼食後バスで聖地サンチャゴ・デ・コンポステーラへ。
午後六時頃ホテルに到着。
夕食はパラドールのレストランで。
六月二十八日（土）

午前九時にホテルを出発。
カテドラル。
エラドゥーラ公園。
ラ・コールニャ。
昼食はレストランで。
サン・アントン城。
ヘラクレスの塔。
夕食はホテルのレストランで。
六月二十九日（日）
午前八時三十分出発、城壁の町ルーゴへ向かう。
セブレイロ峠。
レオンに到着。
昼食はレストランで。
レオンの観光。
サン・イシドロ教会。
カテドラルを見学。
夕食はホテルのレストランで。

六月三十日（月）
午前九時十五分、ブルゴスへ向けて出発。
サンタ・マリア広場付近でスケッチ。
昼食はレストランで。
ミラフローレス修道院。
宮殿。
マヨール広場。
ブルマスの城。
ナポレオンの家。
サントマリア教会の見学。
サンタ・マリア門。
ホテルでサヨウナラパーティ。
七月一日（火）
午前五時四十五分、ホテルを出発、一路空港へ。
パリへ向けて離陸。十時二十分頃着陸。
午後一時四十五分、関西空港へ向けて離陸。
七月二日（水）

関西空港に予定通り無事に帰着。

今回から西洋美術研究会から離れてロマンの会を立ち上げた。これまでより安い費用での旅行を目指した。よりスケッチに集中できる企画とした。

ベルギー、オランダの旅　ロマンの会

二〇〇四（平成十六）年五月三十一日～六月十一日　十二日間

旅行会社　日本旅行

参加人員　十九名（男性十一名　女性八名）

五月三十一日（月）

関西空港に午前八時三十分に集合。

ＫＬＭ８６８便に搭乗。

アムステルダムで乗り換えブリュッセル空港へ。バスでブルージュに向かう。

ホテルグランド・オウド・ブルグに宿泊。

六月一日（火）

午前九時からブルージュの市内観光。

マルクト広場。

鐘楼。
市庁舎。
聖血礼拝堂。
魚市場。
ノートルダム教会。
ベギン修道院。
愛の湖公園。
昼食はレストランで。
運河クルーズ。
夕方までスケッチ。
夕食はレストランで。
六月二日（水）雨
一日中スケッチ、自由行動。
昼食は日本食店「たぬき」で。
午後は雨もあがりスケッチ。
夕食はレストランで。
六月三日（木）

午前八時四十五分出発。
ブルージュ、ゲント、ブリュッセル。
ゲント、聖バーブ大聖堂前から徒歩で観光。
鐘楼。
市庁舎。
聖ニコラス教会。
十一時にブリュッセルへ出発。
昼食はレストランで。
グラン・プラス。
午後三時過ぎ市内観光。
小便小僧。
アーケード。
ギャルリー・サン・チュベール。
夕食はホテルのバンケットルームで。
自己紹介を行う。
六月四日（金）
午前九時、ホテルを出発。

ブリュッセル、リール、ハーグ。
ネーテ川、教会付近でスケッチ。
聖グマルス教会。
ジンメルの塔。
昼食はレストランで。
午後一時十五分にオランダへ向けて出発。
二時三十分にオランダに入る。
マウリッツハイス美術館を見学。
デン、ハーグ。
夕食はホテルのレストランで。
KURHAUS　HOTELに宿泊。
六月五日（土）
ホテルを午前九時出発。
ハーグ、キンデルダイク、デルフト、アーペンドールン。
キンデルダイクで風車をスケッチする。
十一時十五分、デルフトへ向けて出発。
昼食はレストランで。

デルフトの東門周辺でスケッチ。
マルクト広場の教会前に午後四時集合。
アーペンドールンへ向けて出発。
夕食は各自で。
カイザースクローンホテルに宿泊。
六月六日（日）
午前九時十五分、ホテルを出発。
ホーフェ・フェルウェ国立公園。
国立クレラー・ミュラー美術館を見学。
公園内のレストランで昼食。
午後一時三十分にヒートホールンに向けて出発。
ホテルにチェックイン後スケッチ。
小さな民宿みたいなホテル。
夕食は近くのレストランで。
六月七日（月）
ホテルを午前九時出発。
ヒンデローペンはアイセル湖畔の町。

昼食はそれぞれ自由に。
夕食はホテルのレストランで。
六月八日（火）
午前十時三十分にアムステルダムへ出発。
十二時十分頃アムステルダムへ到着。
昼食はレストランで。
午後は市内観光。
ゴッホ美術館を見学。
午後四時三十分に集合してホテルへ。
今夜はサヨウナラパーティ。
六月九日（水）
午前九時三十分から徒歩で遊覧船乗り場へ。
十時三十分から一時間のクルーズを楽しむ。
昼食はダム広場のカフェで。
午後は自由行動。
夕食は台湾料理。
六月十日（木）

出発までホテルの近くでスケッチ。
午前十一時四十五分バスにて空港へ。
午後二時四十分離陸。
六月十一日（金）
午前八時八分、関西空港に帰着。

私は今回の旅への想いを寄せている。

旅の印象

ベルギーは四国、オランダは九州の大きさだという。だが山のない国なので平野が有効活用されている。
ベルギーは二度目だ。オランダではゴッホの森の広さに驚かされた。ゴッホ美術館の数多い作品はやはりここに来なければ観られないものだろう。アンネ・フランク・ハウスについては私は知らなかった。友人に誘われてご一緒した。若い人たちでにぎわっていたのは嬉しかった。日本語版の書籍は原価より高く売られていた。

イタリア、リビエラ海岸と南フランス、プロヴァンスの旅　ロマンの会

二〇〇五（平成十七）年九月八日〜十七日　十日間
旅行会社　日本旅行
参加人員　二十七名（男性十四名　女性十三名）
九月八日（木）
集合時間は午前八時十五分、関西空港に全員集合。
十時十五分、ＫＬＭ航空でフランクフルトへ。
乗り継ぎ一時間弱でミラノに着陸。
バスにて北イタリアのラ・スペッィアへ。
夜中の十二時近くホテルに到着。
ホテルＪＯＬＬＹに宿泊。
九月九日（金）
モンテロッソでスケッチ。
昼食はレストランで。
列車で次の村へ。
ヴェルナッツァ。港近くでスケッチ。
夕食はホテルのレストランで。

九月十日（土）
ホテルを午前八時三十分に出発。
リオ、マッジョーレへ。
昼食はレストランで。
マナローラでスケッチ。
夕食はホテルのレストランで。
九月十一日（日）
ホテルを午前九時四十分に出発、南フランスへ。
ジェノヴァ。
昼食はレストランで。
バスはフランスに入り、小さな国モナコへ。
再びバスに乗りニースへ。
夕食は町のレストランで。
ホテルＮＩＣＥ　ＲＩＶＥＲＡに宿泊。
九月十二日（月）
ホテルを午前八時三十分出発。
鷲の巣村エズに到着。

昼食はレストランで。

昼食後、午後一時三十分、エズを出発。

再びニースに戻りマティス美術館を見学。

夕食は町のレストランで。

ホテルシャトウに宿泊。

九月十三日（火）

ホテルを午前九時に出発。

レボー・ド・プロヴァンス。

サント・ヴィクトワール山まで見渡せる眺めの良い所。セザンヌが幾度となく作品の主題として取り上げた。

昼食は麓のレストランで。

午後二時過ぎアヴィニヨンへ向けて出発。

ローヌ川岸からサン・ベネゼ橋や法王庁などをスケッチ。

午後五時十五分、アルルへ出発。

夕食は街のホテルで。

ホテルＡＴＲＩＵＭに宿泊。家庭的な小さなホテル。

九月十四日（水）

ホテルを午前九時に天空の村コルドに向けて出発。
私たちは村を上から少し下がり観光、十時十五分からスケッチ。
昼食はマウベクという村のレストランで。
午後一時十五分にリル・ジュル・ラ・ソルグへ。
スケッチをする。
四時頃アルルに向けて出発。
古代円形競技場やゴッホの入院した病院を見る。
夕食は街のレストランで。
九月十五日（木）
ホテルを午前九時出発。
ヴァン・ゴッホ橋をスケッチ。
マルセイユに向かって出発。
昼食はレストランで。
昼食後はスケッチ。
夕食はレストランで。
レストランの二階でサヨウナラパーティ（午後七時〜九時三十分）。
九月十六日（金）

ホテルを午前五時四十五分に出発。

マルセイユ空港に到着。

八時十分離陸、一時間でパリのドゴール空港に到着。ＫＬＭ７３７便は十時四十五分離陸。約一時間の飛行でアムステルダム空港に着陸。

アムステルダムをＫＬＭ８６７便にて離陸。

九月十七日（土）

関西空港へ無事帰国。


私が旅への想いを寄せている。

アルル再訪

一九九二年二月以来、八年ぶりにアルルを訪ねた。歳月の過ぎ行くのは速い。

昨年はアムステルダムでゴッホ美術館に足を運んだ。三十七歳の短い生涯だったゴッホは、驚くほど多くの作品を残している。

日本の浮世絵にも関心を示したゴッホは、日本人のファンの多い画家の一人である。生前は不遇だったゴッホの理解者は唯一人弟だけだった。生涯妻帯しなかったゴッホは宮沢賢治と似ている。

ゴッホの星空のカフェテリアのカフェでビールを飲めたことは感激だった。ゴッホが療養していた病院の庭には草木が生い繁って、色鮮やかに花が咲いていた。冬に訪れるのと晩夏では、やはり景色が違う。四季それぞれに趣きが異る[ママ]ことを実感した。

ゴッホの記念碑のある公園を偶然にも朝の散歩の時に見つけた。ホテルから近いところにあった。ここへはぜひ来たいと思っていたので、思わぬ喜びだった。初めて見た時と、二度目に見る時とでは少し印象が違っている。それは人に接する時にも同様のことが言えるのではないだろうか。多く観察することによって新しい発見がある。

アルルで二泊した後、郊外にあるゴッホの跳ね橋をスケッチした。この地でスケッチできることは大きな喜びだ。同じ対象に向かっても人によって構図の捉え方は違うものだ。絵の仲間と一緒に来ることは、学ぶことも多い。

今回の旅の特色は、ほとんどの人が熱心に絵筆を持ったことである。スケッチの時間も充分にあったので、実質は七日間の旅で私は六号の水彩画を十二枚手掛けた。帰宅後写真を参考にしながら作品として仕上げることができた。いずれみなさんに見て頂く機会を持ちたいと考えている。健康に留意しながら、これからもスケッチの旅を楽しみたい。

その後もロマンの会の旅は続けられた。

二〇〇六（平成十八）年と七年は、私は病気療養のため不参加。

二〇〇八年、バルト三国。

二〇〇九年、クロアチア、スロベニア。

二〇一〇年五月、イギリス。

二〇一一年、ポルトガル、スペイン。

二〇一四年五月、ポーランド。

一緒に旅をしたうち何人かの仲間が逝去されたことは残念である。

高槻市絵画同好会でも毎年一回、近郊への一泊スケッチ旅行を実施している。私が世話人をした時には故郷滋賀県への旅を計画した。彦根城、マキノ町の茅葺き集落、湖東三山、雄琴港など。

小阪謙造先生指導の「ひまわり会」は月一回、滋賀銀行高槻支店の二階の会場で行われているが、年一回、一泊のスケッチ旅行が実施された。上高地、砺波市などへ行った日のことが印象深い。

綾羽株式会社の綾羽絵画クラブは草津市在住の洋画家・新庄拳吾先生の指導を受けている。月一回、綾羽企業年金基金会館で例会がある。新庄先生は他に三つの教室を持っておられて、毎年一回合同で一泊のスケッチ旅行が行われている。これまで参加した旅では四国の祖谷、知多半島の篠島などが記憶に残っている。

綾羽株式会社にはＯＢ会として綾友会がある。創業時は紡績会社であった。女子工員はほとんどが九州出身の中学校卒であった。その後、定時制の綾羽高等学校が設立された。作業は先番後番の二交替制で、非番の時に就学する。高校は四年間で、その間は彼女たちは定着することになる。

綾友会も毎年一回一泊の親睦旅行を行っている。九州の鹿児島、宮崎でＯＢ会を開いたことがこれまで三回ある。いずれも盛会であった。青春の日に共に汗を流した仲間が再会できることは大きな喜びである。九州の女性は淳朴であることを実感する。

日本詩人クラブの地方大会は二年ごとに行われている。平成七年七月に北海道の穂別市で開催された。斎藤征義さんを中心に計画された。私には初めての北海道で忘れられない思い出となっている。

その後、大垣、仙台、宮崎、長野、岡山、秋田、山梨、鹿児島、愛知と続いている。各地方の詩人たちと交流できる貴重な機会である。二〇二一（令和三）年には奈良での開催が決定している。会員の高齢化が進んでいるが、今後も継続されることを強く願っている。

旅をした日をなつかしみながら、コロナ禍のなか、最近はテレビの旅番組を楽しんでいる。

生涯学習の日々

英会話を学ぶ人たちは意欲的で、旅をすることが好きな人が多かった。

オカリナを合奏する人。

スキューバダイビングやバレーボール、そして日本舞踊を踊るという多方面で活躍する人。

古文書の勉強、手話の勉強をする人など。

それぞれが自分の世界を追求している。

大井康暢さんの誘いがあって「岩礁」一三五号、二〇〇八（平成二十）年六月一日発行より参加した。「岩礁」が「田園」に改題して一五一号で終刊となった。二〇一二（平成二十四）年六月一日発行。大井康暢さんは二〇一二年五月六日に逝去された。八十二歳。

一九三四年生まれの詩人に呼びかけて『燦詩の会アンソロジー』（竹林館、二〇一一年四月一日）。を上梓した。発起世話人は小松弘愛、外村文象、長津功三良、なんば・みちこ、西岡光秋、毛利真佐樹。二十四名の参加があった。
掲載順にプロフィールを記しておこう。

内川美徳　長野県出身　四月十七日生まれ　所属詩誌「かおす」「すうべにいる」
おだ　じろう　福岡県出身　九月三日生まれ　所属詩誌「新現代詩」「沙漠」「筑紫野」
門林岩雄　大阪府出身　三月三十一日生まれ　所属詩誌「滃」「柵」
工藤恵美子　マリアナ諸島テニアン島出身　十一月八日生まれ　所属詩誌「火曜日」
工藤優子　秋田県出身（出生地は横浜）十一月十六日生まれ　所属詩誌「密造者」「銀河詩手帖」
倉橋健一　京都府出身　八月一日生まれ　所属詩誌「イルプス」
閤田眞太郎　旧朝鮮京城府出身　六月八日生まれ　所属詩誌「すてむ」「石見詩人」
小松弘愛　高知県出身　十一月十三日生まれ　所属詩誌「兆」
しま・ようこ　長崎県出身　七月二十九日生まれ　所属詩誌「詩区・かつしか」「つむぐ」
瀬戸文一　神奈川県出身　一月十五日生まれ
野老比左子　鳥取県出身　一月十四日生まれ　所属詩誌「サロン・デ・ポエート」「柵」
外村文象　滋賀県出身　九月二十六日生まれ　所属詩誌「田園」「人間」「滋賀詩人」
冨長覚梁　岐阜県出身　九月十五日生まれ　所属詩誌「撃竹」

富永たか子　福岡県出身　四月二十五日生まれ　所属詩誌「新現代詩」
長津功三良　広島県出身　九月二日生まれ　所属詩誌「火皿」「竜骨」「セコイア」
なんば・みちこ　岡山県出身　二月二十四日生まれ　所属詩誌「火片」
西岡光秋　大阪府出身　一月三日生まれ　所属詩誌「日本未来派」「青い花」
原　桐子　茨城県出身　一月十八日生まれ　所属「ぽらーの」
日高　滋　大阪府出身　六月十一日生まれ　所属詩誌「呼吸」「いのちの籠」
麦　朝夫　大阪府出身　三月三日生まれ　所属詩誌「叢生」
毛利真佐樹　京都府出身　十二月二十五日生まれ　所属詩誌「叢生」「鳥語」
結城　文　東京都出身　五月十九日生まれ　所属詩誌「新現代詩」「竜骨」「坂道」
吉岡又司　新潟県出身　十二月十八日生まれ　所属詩誌「北方文学」「蒼玄」
渡辺宗子　福岡県出身　四月二十一日生まれ　所属詩誌「弦」「新現代詩」

発展途上であった日本を反映して、外地で生まれている人も見られる。一九四一（昭和十六）年四月から四七年三月まで、小学校は国民学校と改称された。一九三四（昭和九）年生まれはその国民学校の最初の入学で最後の卒業生になる。

戦争で父親を失った人も少なくない。

一九三四年九月には室戸台風が襲来した。

私たちは不運な星の下に生まれて来たとも言える。

二〇一一（平成二十三）年三月十一日には、あの東日本大震災が襲来した。『燦詩の会アンソロジー』は大津波に押し流されてしまった。

掲載された私の作品一篇を紹介しておこう。

新制中学校第一回生

アメリカのＧＨＱの肝入りで
六・三・三制が導入され
新制中学校が義務教育となり
私達は名誉ある第一回生
一九三四年生まれの仲間達
国民学校一年生の時に
太平洋戦争が始まり
五年生の時に終戦を迎えた
受験勉強をせずにエスカレーターに乗った
新しい世代という意識が強かったが

すでに七十五歳　後期高齢者
これからは生き残りゲームの日々
今更どうしてみようもない
淡々と自分の信じる道を行く

毎日歩いている人
水泳に通っている人
身体を鍛える人は元気だ
私は頭の鍛練に励んでいる
読書を日課として
日記をつけ　手紙を書き
英会話を学び　海外旅行にも出る

毎週一回ヌードクロッキーに通う
若いモデルの裸体に心躍らせ
若い女流詩人と親しくなることを
強く願っているのだが

そのチャンスはまだ訪れない

老人のたわごとと言われるかも知れないが、生涯学習の日々の心境を書いた作品と言えるだろう。

二〇二〇年になって思いがけない新型コロナの災難が襲いかかっている。太平洋戦争時下に耐える生活には慣らされて来た。今ひとたびの苦難を乗り越えねばならない。「おじいちゃんは強かった」と孫たちに言われるように頑張らねばと思う今日この頃である。毎日が勉強、毎日が成長、七転び八起きの人生。

姫野カオルコの小説

姫野カオルコは一九五八（昭和三十三）年に滋賀県甲賀市に生まれている。『昭和の犬』（幻冬舎）で第一五〇回直木賞を受賞している。

一九三四（昭和九）年生まれの私はイヌ年生まれだが、ふた回り年下の姫野もイヌ年生まれだろう。

『昭和の犬』は犬が主人公として登場する。関西弁が登場して親しみやすい作品である。私は犬にあまり関心がないので小説の意図が充分理解できたとは言えない。

姫野は青山学院大学文学部を卒業後、画廊勤務を経て作家としてデビューした。

一九九七年「受難」が第一一七回直木賞候補に。二〇〇三（平成十五）年「ツ、イ、ラ、ク」が一三〇回直木賞候補となっている。

『彼女は頭が悪いから』、思い切った題名の小説だと思った。高槻市中央図書館には二冊置いてあったが、借りようと思った時には本棚になかった。三回目に行って、やっと借りることができた。よく読まれているようだ。

巻末には「本書は現実に起こった事件に着想を得た書き下ろし小説です。作中人物の行動や心情等は作者の創造に基づくもので、実在の人物、団体とは関係ありません。」と記されている。

ストーリイは東大生男子と偏差値が格下のお茶の水大、水谷女子大の女子が交流する物語で、飲み会などの場面が展開する。東大生男子に憧れを持つ女子大生に対して常に優位に立つ東大生男子たち。

お互いの立場を理解しているはずなのに、どこかで思い違いが生ずる。東大生男子の身勝手、傲慢さが原因と言えるだろう。

東大生男子たちは水谷女子大生を全裸にして、触ったり、叩いたり、蹴ったりした。強制わいせつ罪で逮捕され、裁判の結果有罪となり大学も退学となる。

自分の優位な立場を利用しての卑劣な行為には義憤を感じる。

この作品は第三二回柴田錬三郎賞を受賞している。

姫野カオルコさんは小説の他にエッセイ集も出している。『忍びの滋賀　いつも京都の日陰で』（小学館新書、二〇一九年十二月三日）。

日陰と言う言葉が同じ滋賀県生まれの私にはなんともせつない。

姫野が書いているように滋賀県の知名度は低い。そのことはこれまでに私も痛感してきた。よくぞ書いて下さったと言いたい。

私は聴力があまり良くない、テレビで千葉と言っているのを滋賀と聞いたことが何度かある。だがこの本では誰もが間違うこととして書かれている。私だけではないことを知った。

ここにも書かれているが、夏の全国高校野球の予選は長い間、京滋大会で甲子園への出場が決められていた。京都には滋賀は歯が立たなかった。ずっと負け続けていた。それが八日市高校が優勝した時に京都代表に勝って甲子園に出場した。滋賀県民としては大きな喜びであった。ところが宿泊した旅館の食事で食中毒が発生した。残念ながら力を発揮できずに初戦敗退となった。何とも不運な話である。

滋賀県は六分の一を琵琶湖が占めている。産業も少なく農業県である。長男が農業をして次男、三男は外に働きに出る。近江商人の名は知られているだろう。滋賀県の特長として言えることは経済人の活躍である。

伊藤忠商事、丸紅、ワコールなど有名企業は元は滋賀県人が創業している。しかし会社は大阪、京都、東京などで活躍している。そして滋賀県とあまり言わないので知らない人もいる。近江商人は質素、倹約、勤勉で財をなして来た。実業界と政界で活躍した堤康次郎は西武王国を築き上げた。

地元企業が弱いことが気がかりである。

滋賀銀行は地元密着を堅持している。

アルプラザ、平和堂グループは近県にも店舗を拡大している。

元参議院議員・河本嘉久蔵、英典親子が経営するアヤハグループも全県下に事業を展開している。綾羽株式会社は紡績業から出発していて、その後多角化を進め、ホームセンターのアヤハディオ、アヤハ化成、アヤハ運輸倉庫、アヤハ環境開発、アヤハレークサイドホテル、アヤハ自動車教習所、アヤハクレープ。その他にゴルフ場としてジャパンエースゴルフ倶楽部、朝日野カントリー倶楽部等を経営している。綾羽高等学校も定時制から全日制となった。

他に有名企業としては東レ滋賀。オウミケンシ滋賀と近江高校などがある。

観光大使として歌手の西川貴教がいるが知名度が低い。

びわこ毎日マラソンや近江神宮かるた取り大会はテレビで放映されている。

姫野さんの『忍びの滋賀』を補足する意味で記してみた。

彦根城のキャラクターとして、ひこにゃんが人気がある。

滋賀県は文学不毛の地と言われているが作家・外村繁がいる。東近江市五個荘金堂町には外村繁文学館がある。「異邦人」で芥川賞を受賞した辻亮一もいる。

詩人として北川冬彦、H氏賞受賞者・大野新、藤本直規、森哲弥、北原千代。

短歌では木俣修、塚本邦雄。

洋画家・野口謙造、日本画家・小倉遊亀の作品は大津市の滋賀近代美術館に所蔵されている。

シナリオライターの深尾道典もいる。

滋賀県には近江八景として眺めの良い場所もある。京都の隣の県にも足を運んで頂きたい。

花登筺は脚本家、小説家として多くの人に知られている。「細うで繁盛記」などテレビ界で一世風靡した。映画監督・吉村公三郎も忘れることはできない。「偽れる盛装」「夜の河」などが心に残る。

田原総一朗はジャーナリスト、ノンフィクション作家として活躍している。彦根東高校から早稲田大学第一文学部を卒業している。

政治家としては元総理の宇野宗佑、山下元利、武村正義がいる。

出版社としてはサンライズ出版(彦根市鳥居本町)が地方出版として謙虚に歩み続けている。創業者は岩根豊秀。郷土、民俗、文化、琵琶湖、自然、環境、宗教、哲学、写真集、画集など広い分野の出版を手がけている。心に残る本づくりをモットーにしている。現在の代表者は岩根順子。

日本の詩人四百三十二人の「詩姿の原点」

「詩姿の原点」Ⅰ～Ⅶ統合最終版は二〇二〇（令和二）年九月四日に花話会から発行された。代表は山本十四尾。

「花話会」開講二十周年の記念企画として発行された。

山本十四尾は現在同人誌「衣」を主宰している。

明治大学では菊田守と同学年であった。現代詩人賞を受賞している。

一九六六（昭和四十一）年二月五日に創刊された「鴉」に山本十四尾は加わった。創刊同人は大野新、岡崎純、筧槇二、宗昇、中村光行、中村隆、広部英一、南信雄、山本十四尾の九名。地方で頑固に自分の詩を書きつづけている人たちだった。

私は中村光行の主宰する詩誌「人間」に所属していたので、早くから山本十四尾を知っていた。

「詩姿の原点」について見て行こう。詩姿は山本十四尾の造語である。

第一回には錚々たる顔ぶれが登場している。秋谷豊、新井豊美、伊藤桂一、大岡信、片岡文雄、川崎洋、菊田守、木島始、高良留美子、小松弘愛、嶋岡晨、白石かずこ、宗左近、谷川俊太郎、辻井喬、鶴岡善久、難波律郎、西岡光秋、平林敏彦、藤富保男、八木忠栄、吉野弘、黒羽英二他となっている。

この中には故人となった人も多い。

第一回のあとがきで山本十四尾は次のように書いている。

五年前、会社が倒産し無一文になったとき、野菜、米などの食べ物や精神的なお力添えをいただきまして生きてこられました。そのとき私は花で、霜や雨除けの傘を差し出してくれた人たちの恩情は忘れることはできません。

二〇〇四（平成十六）年十二月十九日の日付がある。山本十四尾は大きな挫折を味わっている。そのことによって詩人としては一回り大きくなったと言えるだろう。山本のこれまでの生活について詳しくは知らない。それほど親しかったわけではない。

ここには各詩人の「詩作ノート」が提示されている。本音で自分の詩について、詩への思いについて語られている。

詩を書きたい人に、今、詩を書けないで悩んでいる人に、詩徒の教材に、自分の愛読書となるだろう。

第二回のあとがきでは次のように書いている。

北海道から九州までの地域で、かたくなに自分の詩を書きつづけている三十一人の詩人に、詩を創造するうえでの哲学やあるべき詩の姿などを執筆していただきました。


二〇〇五年六月一日の日付がある。

第三回のあとがきには次のように記されている。

今回も多くの示唆を与えられました。これを教材として、毎月一回ボランティアで開いています「詩の教室」で、それぞれの詩人の詩姿と作品を鑑賞してまいります。受講者には大きな糧となると確信します。


二〇〇六年八月二十日の日付がある。

第四回のあとがきは次のように。

詩の教室として花話会がボランティアで出発してから十四年の歳月を経て現在に来ている。昨年十一月に百回を迎え記念の集いを開き、全国から八十人の詩人の出席を得た。この「詩姿の原点」Ⅳがお手許に届くころには、花話会は百六回を迎えている。

二〇一四（平成二十六）年十一月十九日の日付。
第五回のあとがきは次のように。

二百七十八人の詩人が、自分の詩への思考と志向と嗜好、そして詩想と思想を総括したことを「詩姿」と位置付けして、そのエッセンスを書いていただいた。有名無名に関係なく。作品に感銘した詩人にお願いした。

二〇一六年十二月五日の日付。
第六回は統合版刊行について、

詩人の詩姿は合計二百六十九人となり、執筆参加者、他所の詩の教室、文学館、同人会などの会合で活用されてきているという。私としてはうれしい詩書と受け止められ「詩姿」という私の造語も市民権を得て利用されている昨今となっている。

しかもこの十三年の期間中にそれを一冊にしてほしいという多くの希望が寄せられたことを機に、私の最後の詩業との認識のもと、あと三十人余の詩姿を加えることで、「日本の詩人三百人の詩姿の原点」として刊行したいと願うようになった。そこで三十一人の詩姿が集うようにと全国の詩人の中で私が関心を寄せている詩人に声を掛けさせていただいたところ、五十一人の詩人の参加が得られ、続々と原稿が到着してくれた。

二〇一八年三月吉日の日付。
第七回は統合・最終版後記。

このたび「花話会」(詩の勉強会)開講二十周年を記念して「詩姿の原点」をリニューアルするにあたり、収録しておきたい詩人、可能性を秘めた詩人に声をかけさせていただいたところ、実に百十二人の詩人が執筆して下さった。これで日本全国からの参加が叶った。この詩業を達成できたことは、私たち「花話会　詩姿の原点編集委員会」として望外の喜びであると同時に、ご賛同下さった詩人への感謝にたえない。

二〇二〇年九月吉日の日付。
「詩姿の原点」は山本十四尾の詩への情熱の大きな成果と言える。

『詩の立会人　大野新 随筆選集』

二〇二〇（令和二）年四月四日、大野新没後十年に『詩の立会人　大野新 随筆選集』（サンライズ出版、編者・外村彰、苗村吉昭）が出版。詩誌や新聞各紙に掲載されたものを集めている。「Ⅰ人生の感懐」「Ⅱ名所旧跡行」「Ⅲ文学をめぐって」に分類されている。

私は若い日に近江詩人会に十七年ほど所属していた。毎月一回の例会で大野新と出会っていた。彼は気鋭の若手詩人だった。近江詩人会のテキストは大野の勤務する京都の双林プリントで印刷されていた。

大野新は一九五〇（昭和二十五）年から一九五五年まで国立療養所紫香楽園に入所し、結核の治療をした。

退所後、守山の自宅で学習塾をしていた彼を、近江詩人会の会長・井上多喜三郎が京都の双林プリントへの就職の世話をした。社長の山前実治は詩人であった。この就職は大野新の大きな転機となった。

双林プリントでは詩誌や詩集の印刷も手掛けていた。したがって詩人たちの出入りも多かった。

一九六二（昭和三十七）年二月には、京都で有馬敲、河野仁昭、清水哲男、深田准と共に「ノッポとチビ」を創刊している。

私が接して感じた大野新の印象は、頭脳明晰、話が上手い。ルックスが良い。人当たりも柔らか。感情をあまり表さない。家庭を大切にする。酒が強いといったことが思い浮かぶ。

一九七八（昭和五十三）年、大野新が詩集『家』によってH氏賞を受賞した。候補三度目の受賞であった。京都タワーホテルでの祝賀会には私も出席したが盛会であった。大野新五十歳。

『詩の立会人』には多くの詩人が登場する。天野忠、井上多喜三郎、武田豊、山前実治、石原吉郎、安西均、清水哲男、昶兄弟、中江俊夫、田村隆一、谷川俊太郎、中村隆、河野仁昭、佐々木幹郎、嵯峨信之、近江詩人会の詩人たちなど。

「Ⅱ名所旧跡行」で「外村繁邸寸見」を興味深く読んだ。

他には孫娘に対する祖父としての素直な愛情をほほえましく思った。

「老年」で旧制高知高校の恩師・高橋幸雄氏（中央大学名誉教授）について書いている。

詩壇的にはほとんど黙殺された32ページの処女詩集「階段」をだした時、先生は高知新聞に書評をのせ、それを送ってくださった。高知高校の卒業生の総数（六千数百人だったか、とにかくはっきりした数）を分母におき、分子を1としての確率で、われわれは、詩人の誕生を迎えた、といったふうの過褒で、その独特の讃辞にもおどろいたが、あの文芸部のひきつづきの先生として喜んでくださったんだな、という思いがあった。

『詩の立会人』に掲載された文章は「現代詩手帖」「詩学」「湖国と文化」「京都新聞夕刊」「読売新聞夕刊」「中日新聞滋賀版」「毎日新聞滋賀版」「朝日新聞滋賀版」「滋賀民報」など。

大野新の退職後については、私の知らないことも多い。『大野新全詩集』（砂子屋書房）の巻末年譜から拾ってみよう。

退職後、京都の佛教大学の非常勤講師をしている。一九九八（平成十）年四月から成安造形大学（大津市・非常勤講師）となり、（文学）講座を担当。

一九九五年一月、軽度の脳出血のため入院。

二〇〇〇年七月、脳梗塞の症状のため入院。

二〇〇一年十一月、脳梗塞のため約三カ月入院する。

二〇〇四年六月、脳梗塞で約二カ月間入院。以降車椅子で外出する生活が続く。

二〇〇五年、七十七歳。

一月、日本現代詩人会（西日本ゼミナール、滋賀。近江詩人会共催）で近江詩人会会長として閉会の挨拶を行う。

この日は私も参加していた。大野新に出会った最後の日となった。

二〇一〇（平成二十二）年、八十二歳。

四月四日、呼吸不全のため守山市民病院にて逝去。七日、葬儀・告別式。

丁度その時、私は韓国旅行をしていて、葬儀には参列できなかった。

六月、「アリゼ」で追悼特集。

二〇一一年、没後一年。

二月、「追悼　大野新さん」（近江詩人会）刊。

大野新の後に滋賀県では藤本直規、森哲弥、北原千代などがH氏賞を受賞している。

テキスト「詩人学校」は現在も継続して発行されており、今年は創立七十周年を迎えている。

大野新没後十年の節目の年に『詩の立会人　大野新 随筆選集』が上梓された意義は大きい。

若い人たちの刺激となるだろう。

大学やカルチャー講座で学んだ若者たちが瑞々しい感性の作品を発表して行って頂きたいと願う。

大野新は韓国で生まれて、中学校を了えて日本に引き揚げて来た。私の妻は京城で生まれて、五歳の時に終戦を迎えて日本に引き揚げて来た。そこに共通点がある。

大野新は戦後の食料不足から栄養失調となり結核の発病となった。

彦根のサンライズ出版から発行されたこのエッセイ集を多くの人たちに読んで頂きたいと願っている。

Ⅱ

私の詩作の足跡

二〇一五（平成二十七）年の幕開け、戦後七十年、戦後生まれの人たちも古希を迎える。阪神・淡路大震災から二十年、見事に復興した神戸の街。そして妻・由喜子が没後二十五年の節目の年。私は今、自分が健康でいられることに感謝しながら日を送っている。

最近の私の日常を支えているのは詩作と水彩画を描くことである。それは両輪となって私を前進させている。今回は詩作について記そう。

エッセイ集『精神の陽性』（金澤文學会、二〇〇八年十月二十四日）に「私の詩の軌跡」を発表しているが、本稿はその続編と言える。

この頃、私は「金澤文學」に所属していた。千葉龍さんも健在で、出版を喜んで下さった。ところが十一月に開催のペンクラブの会合に出席するため上京中の千葉さんは宿泊先のホテルで急死された。思いもよらぬ出来事だった。金沢での葬儀、そして後日のお別れ会にも参列、参加させて頂いた。まだまだやり残した仕事も多く無念だったと思われる。

第九詩集『影が消えた日』（待望社、二〇〇七年九月二十六日）は『男の年輪』から五年が経過している。『男の年輪』には千葉龍さんに跋文を書いてもらった。

前年の夏に私は悪性リンパ腫で三カ月余りの入院生活をした。抗ガン剤の点滴や放射線治療を経て復帰することができた。私は幸せな患者であった。

『影が消えた日』とは文字通りCTから影がなくなった日のことで、闘病の日々の作品も多く見られる。

私は永年、中村光行さんの「人間」に所属していた。

中村光行さんは二〇一一（平成二十三）年十一月四日に逝去した。「人間」は一五五号で終刊となった。中村光行には詩集『僧たちの記録』（文童社）もある。

私は大井康暢さんに誘われて「岩礁」一三五号・二〇〇八夏（平成二十年六月一日）に加えて頂いた。大井さんにはずいぶん可愛がって頂いた。親分肌であったが、少し短気なところもあった。

「コールサック」七三号（二〇一二年八月三十日）に私は追悼文「大井康暢さんを偲ぶ」を発表している。

二〇〇八年十一月、大井さんと二人で京都の天龍寺、嵯峨野落柿舎を歩いた。大井さんの健脚なのに驚いた。毎日歩いているとのことだった。

二〇〇九年四月六日、大井さんは京都に来られ、京都駅の地下街で夕食を共にし歓談した。大井さんは駅前の京都第二タワーホテルを宿泊先にしておられた。

二〇〇九年六月十三日、日本詩人クラブ岡山大会は井奥行彦さんのお世話で、一泊して翌日は総社市の寺院や神社を巡った。

二〇〇九年九月、私の第三回水彩画展を高槻市のギャラリーＮＯＢで開催した時に、大井康暢さんは遠路を来場して下さった。

二〇一〇年四月八日、京都の哲学の道で花見を行った。参加者は私のほか、大井康暢、河井洋、名古きよえ、司由衣、和田杏子のみなさん。横田英子さんは遅れて来たため会えずじまいだった。桜の花が満開で花見客があふれていた。

二〇一〇年六月、「都鳥の会」の暑気払いが新宿のライオンで開催され参加した。会長は北岡善寿氏。岩礁の会からも数名が参加されていた。

二〇一〇年八月三十日、森田進夫人・直子さんの個展が京都の画廊で開催され、オープニングパーティには遠路を大井康暢さんも顔を見せておられた。パーティ終了後、近くの喫茶店で冨上芳秀さんと三人で歓談した。大井さんは冨上さんとは初対面だった。

日本詩人クラブ六十周年記念事業「東京詩祭二〇一〇」が十一月六日に明治記念館で開催され出席した。大井康暢さんの紹介で小野ちとせさんに初めてお会いした。爽やかな感じの女性だった。

二〇一〇年十二月二十六日、大井康暢著作集『定型論争と岩礁の周辺』出版記念会を東

京会館で開催、盛会であった。残念なのは年末で慌ただしい気がしたことである。「田園」（岩礁改題）の同人も十名ほど参加した。その夜は大井康暢、西川敏之さんと一緒に東急イン大森ホテルに宿泊した。

　翌年の三月には東日本大震災が発生し、今にして思えば、この時期に開催したことは良かったとしみじみ思える。

　二〇一一年七月二日、「都鳥の会」暑気払い、新宿ライオンにて。二次会は中村屋の喫茶店へ。私は周田幹雄さんとは初対面だった。以前からお会いしたいと思っていた。

　二〇一一年十月九日、日本詩人クラブ国際交流韓国、弥生会館にて。韓国の詩人は日本語で話をされた。私たちの世代の人たちは小学校で強制的に日本語を学ばされていた。日韓併合の時代があった。帰路は大井康暢さんとご一緒した。

　大井康暢さんは二〇一二年五月六日に逝去された。八十二歳、肺ガンであった。

　私は大井さんの病状については何も知らなかった。西川敏之さんからの連絡に驚いた。葬儀は近親者で行うとのことだった。

　「都鳥の会」で偲ぶ会が九月三十日に開催された。新宿のライオン会館で。台風一七号が接近する中を上京した。出席者は二十六名だった。

　それにしても二〇〇八年十一月から二〇一一年十月までの三年間は密度の濃い年月であった。大井康暢さんの温情が身に染みた。大井さんは京都が好きで何度も足を運ばれていた。

「滋賀詩人」には五七号（二〇〇四年三月）から参加している。森田魚山さんの呼びかけに応じたもの。

五八号（二〇〇四年八月）
五九、六〇号（二〇〇七年五月）
六一号（二〇〇九年一月）
六二号（二〇〇九年十一月）
六三号（二〇一〇年十一月）
六四号（二〇一一年九月）
六五号（二〇一二年九月）
六六号（二〇一四年二月）
森田魚山、織田英華の両名が編集人であったのが六一号からは織田英華一人の編集となった。遅延の期間もあったりして、ゆっくりとした歩みである。六二号から六六号まで私が表紙絵を描いている。
千葉龍さんのご好意で「金澤文學」にも表紙絵を描いている。
第二二号（二〇〇六年）
第二三号（二〇〇七年）

第二四号（二〇〇八年）

なお「金澤文學」は千葉龍さんの逝去により第二五号（二〇〇九年）で終刊となった。

「田園」にも大井康暢さんの依頼で表紙絵を描いている。

一五〇号（二〇一二春）

一五一号（二〇一二夏）

大井康暢さんの逝去により「田園」は終刊となった。一五一号に代表の栗和実さんが終刊の言葉を書いている。同人は高齢化しており全国に散らばっていたので存続は不可能であった。

私はだんだんと発表の場を失って行った。

そんな時に群馬県在住の川島完さんから「東国」への参加を呼びかけられた。二〇一三年四月から私は参加した。創刊者の小山和郎さんとは「人間」でご一緒した時期もある。平成八年に前橋で世界詩人会議が開催された時にお出会いしてお話をさせて頂いた。「東国」には故人となられた関西在住の詩人・寺島珠雄、浅野徹の両氏も加入されていた。

私の第十詩集『秋の旅』を二〇一三年九月に上梓した。コールサック社の鈴木比佐雄氏に編集をお願いし解説文も書いて頂いた。表紙絵、カットは私の作品を使ってもらった。「詩人会議」（二〇一四年一月号）の詩集評欄に佐々木洋一氏が紹介して下さった。

外村文象詩集『秋の旅』（コールサック社）は、心情を思いのまま綴った随筆的なものを感じる。作者は気負いや憤りなどは無縁で、人生を実直な姿勢で生きている。老いてなお詩への闘魂を燃やし続ける中で遭遇した詩人の死などの作品では、様々な思いが駆け巡る。「熱血漢でケンカ早かった／大井さんはよく泣いた　感激屋だった／私が相馬大さんの死去を告げると／電話の向うで号泣されていた／自分は肺ガンだと／電話で多くの人に語っていたが／私には病気のことは／何も言われなかった」（「追憶―大井康暢さんに」部分）からは、詩誌「岩礁」「田園」を発行し続けた大井康暢氏への鎮魂の魂に心打たれる。

「コールサック」七七号（二〇一三年十二月二十八日）には書評が掲載されている。

外村文象詩集『秋の旅』に面影を伴って―桁外れの行動力から―　周田幹雄
外村文象詩集『秋の旅』外村さんの晩年のスタイル　倉田茂

倉田さんは「人間」でご一緒した時期があった。千葉に移られてからも交流は続いている。

「東国」一四七号には苗村和正さんに書評を書いて頂いている。周田、倉田、苗村の三氏は私より年上の詩人である。尊敬する詩人たちが私の執筆依頼に快く応じて下さったことに感謝したい。
私の手許に届いた便りの一部を紹介させて頂く。（順不同、敬称略）

北岡善寿（小金井市）
御高著『秋の旅』の御恵送恐縮です。拝読してよく解る旅情ゆたかな秀れた詩集です。
大井康暢が出てくる御作があり、時間の過ぎ行く速さを感じています。彼の不在で世間に活気がなくなりました。お目にかかる機会があるといいですね。
先ずは御礼まで。

田中国男（京都市）
拝啓　過日は貴詩集『秋の旅』をご恵送賜り、厚くお礼を申し上げます。拝見して、外村さんのやさしさが惨み出ている作品集です。バレリーナであった奥さまへの思い、ご家族、友人、知人との出会いとその熱い思い等々、普段着のように書かれているところにも、そのやさしさがあらわれているようです。
冒頭の序詩「摂津峡」を拝見して、思わず四十数年前、五月の遠足で生徒たちを摂津峡へ連れて行き、余りの暑さで衣類を着たままみんなで川に飛び込んだことがありました。
そんなこんなでゆっくり拝読させていただきました。右、まずはお礼にかえて。深謝

佐川亜紀（横浜市）
拝啓　この度は、貴詩集『秋の旅』を賜りありがとうございました。
私も千葉龍さんと一、二度だけお会いしたことがありますが、沖縄の「ちばりょう」から命名されたとは初めて知りました。色彩や景色が彩り鮮やかで、宮沢賢治の東北、ヒロシマへの思いにも注目しました。
ますますご健筆下さい。

太田治子（川崎市）
『秋の旅』すてきな詩集です。かなしくも美しい時の流れを感じました。ありがとうございました。

山本みち子（武蔵村山市）

年内にはお詩集『秋の旅』をお届け下さいましてありがとうございました。日本各地はもちろん、世界の各地を旅された後の作品。又、交流のあった詩人達への思い、そして、人生観と、外村さんのこれまでの時間が濃縮された一冊。近江詩人会の頃から存じあげている詩人として、なつかしく、嬉しく敬意を持って拝読させて頂きました。

ますますのご健筆を祈ります。

北川朱実（松阪市）

朝夕、やっとひと息つけるようになりました。秋の気配です。御詩集『秋の旅』を拝読しました。すてきな表紙に、旅に出たくなりました。自らの生きてきた日々を、美しい風景、心に残る風景に重ねあわせた作品は、やさしく心をほどいていきます。「球春の沖縄」「富士山」「セビリアの街で」「詩の国へ」は、特に印象深いものがありました。

鈴木豊志夫（千葉市）

御高著詩集『秋の旅』をご恵贈賜り誠に有難うございました。三〇年ほど前のことですが外村様の御作を記憶したのは御父祖の地近江の晩夏、百日紅への詩人の視線の陰に何かとても重いものがあると感じたからでした。当時外村様の生い立ちやご境遇の知識はまったくありませんでした。今回、自然体を大切にされた発語での『秋の旅』を拝読し、あらためて得心した次第です。三方よしの近江商人魂、他人への思いやり、心くばりは対他者ばかりでなく風景、風物へのあたたかい観察眼となって単なる写生ではないみごとな詩の空間を造形していると思いました。数枚のスケッチ画のすばらしさと共通しています。まさに癒やしの芸術です。

一層のご健筆とご活躍をお祈り申し上げ、遅ればせお礼のご挨拶と致します。不一、合掌。

南邦和（宮崎市）

あの炎暑の日々がウソのような涼風の季節このシーズンにぴったりの詩情あふれる御詩集『秋の旅』ありがたく拝受〈詩〉と〈絵〉両輪でのご活躍に刮目。各方面でお名前拝見しております「ちばりょう」と千葉龍、改めて大兄との共有の時間をふり返っております。昨日三木兄とＴＥＬで話しました。

これまでにたくさんの心豊かな詩友に恵まれたことは終生の私の大きな財産である。

同世代の詩人たち

高知市に住む小松弘愛さんから詩集『眼のない手を合わせて』（花神社）が届いた。十三冊目の詩集である。最初の詩集が三十八歳で四十六歳の時に詩集『狂泉物語』（混沌社）で第三一回H氏賞を受賞している。その後一九九五（平成七）年には詩集『どこか偽善めいた』（花神社）で第二九回日本詩人クラブ賞を受賞している。全国に知られる詩人としての存在となった。

私たち一九三四（昭和九）年生まれの詩人たちは、二〇一一年四月一日に『燦詩の会アンソロジー』（竹林館）を上梓した。二十四名の参加があった。その年の三月十一日に東日本大震災が発生して世の中は騒然となった。そんな陰にかくれてこのアンソロジーは注目されずに終わった。だがこれは貴重な魂の記録である。これからも私たちの手で守って行かねばならない。

小松弘愛さんは土佐方言の詩集を多く出されている。今回は十年を超えて書き溜められた共通語の詩集の発刊となった。

精読して同じ時代を生きた実感が胸に迫る。夜間高校に学ばれたということも、当時の経済状況を知る者にとっては容易に理解できる。

一九三四年生まれの詩人の旗手として、これからも活躍して頂きたいと願う。

安曇野市に在住の内川美徳さんも『アンソロジー』の参加者である。安曇野市のかおすの会から発行されている「かおす」の同人である。

最近になって共通の知人を介して繋がりが強くなった。彼は臼井吉見文学館の館長をされている。私も青春時代には臼井吉見の評論を愛読した。機会があれば一度訪ねてみたいと思っている。

内川美徳さんから送って頂いた臼井吉見著『自分をつくる』『続自分をつくる』（臼井吉見文学館）を読ませて頂いた。

土田英雄さんとは中村光行主宰の「人間」で長年ご一緒して来た。

詩誌「鳥」は土田さんの洛西書院から発行されている。六九号（二〇一五年十月三十一日）は土田英雄さんの追悼号となっている。経歴には一九三四年、岐阜県に出生。青年時代には京都市に移住。とある。

二〇一四（平成二十六）年八月十二日、八十歳で逝去。

「人間」誌の所属については何も書かれていない。「人間」誌での足跡を辿ってみよう。

土田さんは「中村光行さんに誘われて『人間』に入った」と言っておられた。

一三四号（二〇〇〇年六月一日）から土田さんは登場している。（年二回発行）

エッセイ「善久さんが死んだ—悼 平光善久」

一三五号 詩「青江三奈幻想」

エッセイ「御室仁和寺界隈」

一三六号 詩「村道」

エッセイ「『京都人』考」

この号には「外村文象著『癒やしの文学』（待望社、二〇〇〇年十一月）を読んで、読まれて。」が掲載されている。拙著エッセイ集への同人の言葉が寄せられている。土田英雄さんの文章を紹介しておこう。

この著者は筆まめな人であろう。日々の体験を記憶が薄れないうちに書き留めて置こうという性格らしい。いつか肉付けするつもりで取り敢えずメモしておいたが、一向に時間的余裕がなく、そのままで取り敢えず活字にしておこうということはないだろうか。例えば〈黒田三郎の世界〉という大仰な題にしては四行の本文は短かすぎる

「病気と闘いながら、詩人として生きた黒田三郎の魂の告白に感動した。」同じ頁の〈足摺岬への旅〉「皿鉢料理を賞味しながら地酒を飲んだ。」「お遍路さんの一行に出会えるのは、如何にも四国の春らしい。宇和島では闘牛を見学した。」この記述を含む七行である。読者が知りたいのは著者の感動した〝魂の告白〟の内容であり、〝賞味した皿鉢料理、地酒の味〟そのものである。読者にいかにしたら作者と同じ感動を呼び込めるかが、文学における芸である。この種の本には彫琢した作品ばかり載せられた方が得策ではなかろうか。

一三七号　詩「杞憂」
　　　　エッセイ「『嵐電』駅周辺」
一三八号　詩「ケ・セラ・セラ」
　　　　エッセイ「法然院雑記」
一四〇号　詩「田中さん」
　　　　エッセイ「嵐電『三条口』あたり」（1）島津製作所
一四一号　詩「平成ウソッポ物語抄ヨリ」
　　　　エッセイ「嵐電『三条口』あたり」（2）史跡「御土居跡」
一四二号　詩「帰国」

　　　　エッセイ「探索『嵐電　山ノ内』付近」
一四四号　詩「復古調―平成ウソッポ物語抄ヨリ」
一四五号　エッセイ「嵐電『蚕の社』駅周辺」
一四六号　エッセイ「回想遠藤恒吉さん」
一四六号　詩「平成ウソッポ物語抄より（十八年如月異聞）早い話が……」
一四八号　エッセイ「嵐電『太秦広隆寺』周辺雑記」
一四九号　エッセイ「続・嵐電『太秦広隆寺』周辺雑記」
一五一号　エッセイ「嵐電『帷子辻（かたびらのつじ）駅』周辺」
一五二号　エッセイ「嵐電駅名めぐり『有栖川』」
一五四号　エッセイ「嵐電駅名めぐり『車折』」

「人間」誌は一五五号（二〇一〇年十二月一日）で終刊となった。

中村光行は二〇一一（平成二十三）年十一月四日に逝去した。十一月六日の葬儀には「人間」から河野英通、土田英雄、橋本嘉子と私の四名が参列した。

『燦詩の会アンソロジー』の「まえがき」は西岡光秋さんが書いている。「燦詩の同志たちよ、百歳まで詩を書こう」と題して力強い言葉が述べられている。この中で「いま高齢化の境に佇んでいる昭和九年前後の人たちのことを、私は学童疎開派世代と称してきている。単純な表現に置き換えると、腹ペコ世代といった言葉が同時に思いだされる。」と書いているのが印象的である。

「詩と思想」二〇一六年十一月号に中原道夫さんが「さようなら、西岡光秋」の追悼文を寄せておられる。西岡光秋さんは長い間（社）日本詩人クラブの理事長、会長を歴任し、クラブの牽引者でもあった。また「日本未来派」編集発行人としても長年尽力された。西岡光秋さんとは日本詩人クラブの地方大会などでよくご一緒させて頂いた。日本詩人クラブはサロン的な雰囲気があって、なごやかで親しみやすい会だった。西岡さんは大きな身体で頑健に見えた。誰にも心を開いて語りかけるおおらかさがあった。二次会などで歌われるカラオケの美声は見事だった。

私の手許に西岡光秋著『鑑賞　愛の詩』（慶友社、二〇〇一年四月二十八日・第一刷）がある。著者略歴には、

（本名・西岡光明）
一九三四年、大阪に生まれ、広島に育つ。
一九五七年、國學院大學文学部卒業。

とある。

二〇一六（平成二十八）年八月二十八日に西岡光秋さんは八十二歳で逝去された。もう少し生きてほしかったと残念な思いでいっぱいだが、これも寿命という他ないのだろうか。

土田英雄さんの「鳥」はその後も継続して発刊されている。「鳥」には教員やそのOBの方たちが多く所属されている。

最近になって堺市在住の佐倉義信さんを知ることになった。佐倉さんは一九三五年の早生まれなので、学年は私たちと同じである。洛西書院から二〇〇三年八月三十日に『佐倉義信詩集』三百九十六ページの立派な詩集を発刊されている。

佐倉さんは大阪市に生まれ、大阪学芸大学（現・大阪教育大学）卒業後、小学校教員として定年退職まで勤務された。

詩は大学に入った十八歳から書き始めたとのこと。この詩集はこれまでの佐倉さんを知る上で貴重である。

巻末には未刊詩集『日々の実感』一九九三〜二〇〇二が掲載されている。

定年を迎える日のこと、定年後の日々のことなどが飾らない言葉で率直に書かれている。佐倉さんは真面目な教育者だったのだろう。これからは自分の時間を大切にしたいという願いが切実に感じられる。

佐倉さんも近年最愛の奥様を亡くされたとのこと。今後は詩の道を究めて頂きたいと願うばかりである。

外村という姓の読み方

ＮＨＫ総合テレビに「ファミリーヒストリー」という番組がある。芸能人の家族のルーツを探る番組で興味と親しみをおぼえる。

元来、私は歴史にはあまり興味を持たなかった。戦時中、戦後の歴史についても、ほとんど学ぶ機会がなかった。戦後七十年を過ぎて新しく知ることも少なくない。

私は滋賀県の東近江市に生まれた。父親は近江商人として東京の日本橋で繊維関係の問屋を営んでいた。近江商人の「三方よし」は近年は企業の社会的責任の源流と注目を受けている。「売り手よし、買い手よし、世間よし」が「三方よし」である。

近江商人の末裔の私としては、嬉しい評価であると喜ぶべきであろう。だが少し前までは「近江泥棒」とか「近江商人の歩いた後には草も生えない」などと悪口を言われたこともあった。

東近江市の五個荘地区には外村という姓が少なからずある。作家の外村繁、倉敷民芸館長の外村吉之介などの著名人も出ている。

その後、社会人として大阪で生活するようになってからは「とのむら」とは読まれずに「そとむら」と呼ばれることが普通だった。名前の読み方については、むつかしいものも多くある。

少し前になるが、和歌山県在住の体操選手が活躍している時代があって、テレビ中継などによく登場されていた。その選手の一人は外村と書いて「そとむら」と呼ばれていた。テレビの影響力は大きいので、世間の人たちは外村は「そとむら」と読むと理解していたことだろう。

それから歳月が流れて、日本詩人クラブ会員の中に、外村京子さんの存在を知った。その後、会合などでお会いする機会にも恵まれたが、なんと驚いたことに彼女は「ほかむらきょうこ」と読むとのこと。

二〇一四（平成二十六）年八月三十日発行の詩集『十月の魚』の奥付に略歴が記されている。

一九五四（昭和二十九）年、熊本県天草生まれ。
詩集『オーヴァ・ザ・ムーン』（二〇〇六年）
『しまいこんだ岸辺』（二〇一一年）
詩誌「視力」同人。

現住所　東京都調布市

私より二十歳も若い人である。いつかお会いした時に私の「娘さんですかと言われたことがあります」と話された。外村というのはそれほど数少ない姓でもある。

詩集『十月の魚』には便りが添えられていた。「秋を感じられる候となりました。お元気で御活躍のことと存じます。母の長期入院のため失礼ばかり重ねておりますことをお許し下さい。拙い詩集をつくりました。ぶしつけですが御笑覧いただければ幸いです。――お孫さんの誕生、おめでとうございます。外村拝」

日頃はほとんど便りはない。したがって外村京子さんのこれまでについてあまり知らない。

ただ、前詩集を頂いた時に、アメリカのカリフォルニアでの生活が書かれていて、幼児の教育の問題などにもふれられていたので、丁度カリフォルニアに居住している二女に、その詩集を送ったので、いまその詩集は私の手許にはない。

その後、私の二女は二〇一四年五月に長女を出産した。四十一歳での初産である。私にとっては孫娘である。外村京子さんの便りにはそのことが記されていたのである。

外村京子さんは、ご主人の仕事の関係でカリフォルニアに在住されたのだと思うが、何年ぐらいお住まいだったのかといった詳しいことについては私は何も知らない。

大井康暢さんが逝去されてからは、私も上京する機会が少なくなった。年齢のせいもあって出不精になってきている。

リオ五輪も開幕した。治安の悪さが心配される中で無事に終了することができるのだろうか。体操競技は日本のお家芸となってきている。活躍が期待される。今回の女子選手は若い人が多いようだ。東京オリンピックに向けての飛躍が楽しみである。

治安が懸念される中で、リオ五輪への旅行客は意外に多いようである。それは二〇二〇（令和二）年の東京オリンピックへの下見の人が多いのだという。東京都の都議会議員の視察旅行は中止になったが、スポンサー企業関連の人々の視察も多いようである。

東京都知事選も終わって、小池百合子新知事が誕生した。リオ五輪の閉会式には出席の意向を示されている。

アメリカの大統領選挙でも女性候補が健闘されている。女性が活躍する社会が到来しているように思える。長い忍従の時代からの解放の時を迎えようとしている。

熊本地震の被災地の復興も気がかりである。私も自分の名前を正しく読んでもらうために、一層の努力を重ねて行こう。

初講演体験始末記

私はこれまでに人前に立って長時間の話をしたことがない。話すことは苦手である。今回大阪檸檬忌事務局の竹田勝さんから講演の依頼を受けて。私が講師としてふさわしいかは疑問である。断ることもできたが、八十歳を過ぎたことだし、恥をかくかもしれないがそれも仕方がないことかと考えた。

竹田勝さんとは近年親しくさせていただいている。講師選定について、竹田さんもお困りのようにお見受けしたので、この場はすんなりとお受けした方がよいのではと理解した。

梶井基次郎については、同郷出身の作家・外村繁を通して知った。「青空」の仲間であった。その後、私の主宰する同人誌「アシアト」の仲間の内田照子さんが『評論評伝梶井基次郎』を出版した。一万五千円の高額の本だったが友人にも購入をお願いし、私も買い求めた。今日までに充分読み込んだとは言えない。書棚の片隅に置かれたまま今日に至っている。

詩人の三分の一くらいは教員経験者と言ってもよいのではないかと私は思っている。大学、高校、中学校、小学校の教員だった人たちと何人か親しくさせて頂いている。教員は詩人としての最適の仕事であると言える。

教壇に立っていた人たちは、話すことのスペシャリストである。私などが太刀打ちできるものではない。

内田照子さんが『評伝評論梶井基次郎』を牧野出版から上梓したのは一九九三（平成五）年六月三日、四十七歳の時であった。

その後、二〇〇一（平成十三）年には梶井基次郎生誕百年記念講演会が大阪市立中央図書館内のホールで開催された。講師は杉山平一、内田照子、三島佑一、鈴木貞美であった。

昨年九月に上梓した拙著エッセイ集『ゆかりの文学者との別れ―八十歳の日記』（竹林館）の巻頭には「青空」の仲間　梶井基次郎、中谷孝雄、外村繁が掲載されている。

跋文は内田照子さんが「外村文象さんとの五十三年に渡る交遊録」を書いて下さっている。多くの方々からこの著書についての読後感を頂いたが、意外にこの巻頭の文章に対する便りは少なかった。

講演のために、私は高槻市立中央図書館で中谷孝雄『梶井基次郎』（筑摩書房）、板倉康夫『評伝　梶井基次郎』（左右社）を借り受けて読んだ。梶井基次郎の研究書が多いことを改めて知った。

中谷孝雄は「梶井基次郎は天才だが、外村繁は努力の人である」と言ったが、それは正しいと私も思う。外村繁の研究書が少ないことは残念である。

当日、聴衆があまり少ないと困るので、関西詩人協会の何人かに事務局から案内状を送って頂くようお願いした。

三月二十四日は晴天に恵まれた。前日に大阪の桜の開花宣言があった。二十一名の聴衆があり、ほぼ満席となった。

演題は「梶井基次郎と外村繁」。レジメを用意して、一時間余り話をした。

没後、『外村繁全集』全六巻(講談社、一九六二年三月〜八月)がまとめられた。

高槻市の本澄寺の住職の三好龍孝氏、東近江市在住のシナリオ作家・深尾道典氏、関西詩人協会事務局長・大倉元氏なども顔を見せて頂いた。

大阪檸檬忌は毎年大阪市中央区の常国寺で開催されている。ここには梶井基次郎の墓所がある。今回で三十六回を数える。

運営委員の三島佑一さんが二〇一六(平成二十八)年一月五日に旅先の沖縄で急逝された。船場大阪を語る会会長で、関西詩人協会の会員としても活躍されていた。

午後二時からスタートした大阪檸檬忌は最後に参加者の自己紹介があって午後五時に終了した。船場大阪を語る会のメンバーが多いようであった。年配者が多く見られたが熱意が感じられた。これからも継続されて行くことだろう。

　三月二十五日午後一時三十分から、大阪市中央公会堂中集会室に於いて第一一回三好達治賞贈呈式が開催された。受賞詩人は谷川俊太郎、受賞作品は詩集『詩に就いて』（思潮社）であった。出席者は二百五十名ほどで盛況であった。

　三月二十六日は午後一時三十分から午後三時まで、大阪市中央区本町の愛日会館で「三島佑一さんを偲ぶ会」が開催され出席した。

　三島佑一さんは一九二八（昭和三）年、船場道修町の製薬問屋に生まれた。北野中学校卒業後、京都大学文学部国文科卒業。四天王寺大学名誉教授。偲ぶ会には船場大阪を語る会会員、北野中学校同窓会ＯＢなどを中心にほぼ百名が出席した。このようにして今年も三月は慌ただしく過ぎ去って行った。

高見順再読

拙著エッセイ集『ゆかりの文学者との別れ―八十歳の日記』は二〇一五（平成二十七）年九月二十六日に竹林館から刊行された。

その「あとがき」に私は高見順のことを書いている。

永い間、書棚に眠っていた高見順『敗戦日記』を取り出して手にしました。昭和三四年四月の発行です。昭和二〇年八月一五日以降に目を通しました。やはり当時の混乱の状況が記されています。

滋賀県に育った私は、湖東地方の愛知川町の小さな書店で高校三年の時に河出市民文庫の『高見順詩集』に出会いました。そのことがあって、私は詩の道へ足を踏み入れることになりました。高見順は小説家、評論家として大成しましたが、高見順賞は詩集への賞です。詩集『死の淵より』は絶唱です。

最近になって詩人で評論家の荒川洋治氏に拙書エッセイ集をお送りしたところ、すぐに連絡があって手許の高見順の著書を送って頂いた。

『高見順詩集』凡書房、一九五九年九月三十日。

いつからか野に立って　樹木派後期　樹木派　樹木派前期（抒想系）

小説『如何なる星の下に』新潮文庫、一九七四年七月十日、三二刷。

小説『わが胸の底のここには』講談社文芸文庫、二〇一五年九月十日、第一刷。解説「源泉のことば」荒川洋治。

「高見順　没後五十年特別展　昭和から未来人へのメッセージ」福井県ふるさと文学館、二〇一五年十月三十一日。

図録の巻末には特別編集協力荒川洋治と記されている。

特別展は福井県ふるさと文学館に於いて前期二〇一五（平成二十七）年十月三十一日（土）から十二月二日（水）、後期二〇一五年十二月五日（土）から二〇一六年一月十七日（日）、記念講演「高見順——著作の風景」荒川洋治氏（現代詩作家）、二〇一五年十二月六日（日）十四時～十五時四十分。会場、県立図書館多目的ホール。定員百五十名。

図録は、高見順のメッセージ、高見順の軌跡、文士たちの交流、から構成されており高見順ファンにとっては貴重な内容となっている。

河出書房の市民文庫『高見順詩集』を買い求めて巻頭の「いつからか野に立って」を読んだ時、私の中に衝撃が走った。「これだ」と私は叫んでいた。

小説『如何なる星の下に』と『わが胸の底のここには』は古書店で若い日に買い求めていた。しかしいまは押入れの奥深くに眠っている。

『如何なる星の下に』は私の好きな小説である。浅草のレビューの踊り子・小柳雅子への憧れが描かれている。今回五十年ぶりくらいに読み返してみて、私もそれなりに人生経験を得た眼で読んでみて、作者の思いが以前よりは深く理解できたところもあるように感じられた。

『わが胸の底のここには』を読み始めて、この小説はまだ読んでいないことを知った。高見順の出自は苦悩に満ちている。その強烈さに圧倒されたと言えるかも知れない。若い日の私には重すぎる課題であったかも知れない。

父の後添いとして再婚した母は年齢が二十歳ほど離れていた。現在ではそんなに珍しいことではないが、当時は特別なケースであった。私が生まれた年に父は病死した。だから私は父の顔を知らない。そして母子家庭に育った。少し事情は違うが、高見順の気持は痛いほど私自身のものであった。

私生児の高見順は母から立身出世コースを求められた。立身出世コースを歩みながらも芸術の世界にめざめて行く。

二〇一六年十一月十三日、十四日は高槻市に在住の絵の仲間と福井県の東尋坊と三国町へスケッチの旅をした。宿泊は芦原温泉で。

東尋坊には高見順の文学碑が建っている。以前に訪ねたことがある。

三国町には「みくに龍翔館」があり、文学コーナーには高見順、三好達治、森田愛子のゆかりの品々が展示されている。

今回初めて高見順の生家を訪れた。小さな家だが、高見順の幼時を偲ぶことができる。案内板なども立てられていて、文学にたいする敬意が感じられた。土地の人に訪ねたら親切に教えて下さった。

高見順から次第に私は田宮虎彦、外村繁へと移って行った。山崎行雄著『田宮虎彦論』（オリジン出版センター）がある。

外村繁は東近江市の同郷の出身であるところから親近感を持って来た。一度家業に就いたが、再び文学の世界に戻って生涯その志を貫いた。東近江市五個荘には外村繁文学館がある。

同人誌大好き川崎彰彦

「第三二回国民文化祭・なら二〇一七」「第一七回全国障害者芸術・文化祭なら大会」現代詩の祭典が奈良県の大和郡山市で二〇一七（平成二十九）年十一月二十五日（土）に開催される。

詩人の小野十三郎は少年時代を大和郡山市で過ごしている。このことは詩に関心を持つ人たちには良く知られたことである。

ところが川崎彰彦が晩年を大和郡山市で過ごしたことについては、ごく限られた人しか知らないのではないだろうか。

最近の川崎彰彦のニュースとしては、二〇一六年に『川崎彰彦傑作撰』（川崎彰彦傑作撰刊行委員会、製作協力・北海道新聞社）が刊行された。

大阪府茨木市中央図書館で、「同人誌大好き！――川崎彰彦、富士正晴」展が二〇一七年三月三十日から七月二十六日まで開催された。

また「夜がらす忌」は毎年四月に大和郡山市で開催されている。

『くぬぎの丘雑記』（宇多出版企画、二〇〇二年十一月二十日）を手にして再読した。帯文は奈良在住の映画監督・河瀬直美が書いている。「自然界の匂い立つような瑞々しい命の輝きを、作者の感性が紡いでゆく、現代人が忘れてしまった、単調な生活の中に、神々しく存在する四季のもたらす恵み……花に酔い、肴に酔い、酒に酔う。さすれば、人生にも酔う。これ命の醍醐味、一九八九年初冬に脳卒中で倒れ、車椅子生活を余儀無くされた作者の心に広がる小宇宙は、無限の広がりをもって私達のもとへ届けられる。くぬぎの花、地味な花……しかし、僕は愛でる、その命を……無用のモノがあってこそ、生きる力も沸くもんだ。」

心に残った作品を掲げて感想を記してみよう。

「翔べ　河瀬直美さん」。一九九七（平成九）年初の長編劇映画「萌の朱雀」でカンヌ映画祭のカメラ・ドール賞（新人監督賞）という大きな賞を獲得した。奈良の新しい星への期待が語られている。

「さらば四万十薫」。川崎の短編小説集に『夜がらすの記』（編集工房ノア）がある。主人公は青西敬助という知的失業者。相棒として登場するのが四万十薫という文学中年。大阪文学学校で講師と生徒であったが、学年は同じで二人は親しみをもち合う間柄だった。がんのため六十四歳で亡くなった。「最後の清流」を失った想いと書く。

「佐多稲子さん」。佐多稲子さんが亡くなって佐多さんの面影を偲んでいる。中学生の頃

『私の東京地図』という自伝的な小説に感銘した。佐多稲子は色々と職業を変えながら作家となる。滋賀県立八日市高校は川崎彰彦の母校であるが、秋の文化祭に数枚の文学者からのハガキが展示されていて、その中に佐多稲子のハガキがあったことを、私ははっきりと記憶している。達筆であった。恐らく川崎が展示したものと思われる。残念ながら私は佐多稲子の作品はほとんど読んでいない。

「詩人の遺著」。詩人・寺島珠雄の遺著『南天堂——松岡虎王麿の大正・昭和』（皓星社）について書いている。私は現在群馬県の同人誌「東国」に所属しているが、かつて寺島珠雄も所属していたとのことである。どこかでご縁が繋がっているのかも知れない。

五冊目の詩集『短冊型の世界』（編集工房ノア）について書いている。川崎とは詩集の出るたびに送り合ってきた。詩集の数は私の方が多い。

「詩人への献花」。桜井の詩人・右原厖について、行年九十で他界され、お別れの言葉を記している。右原は大阪文学学校の大先輩チューターであった。

当時私は中村光行の同人誌「人間」に所属していて、少人数の出版記念会があって、右原厖も出席され間近でお会いしたことがある。

川崎彰彦の著書は、その多くが編集工房ノアから出版されている。しかしほとんどが品切れとなっていて、現在購入可能なのは短編小説集『冬晴れ』のみである。

昨年発刊された『川崎彰彦傑作撰』は三百部出して完売したとのことである。

同人雑誌「黄色い潜水艦」と「大和通信」は継続して発刊されていることは嬉しいことである。川崎彰彦の文学精神が後世に語り継がれて行くことは大きな喜びである。

小説『ぼくの早稲田時代』（右文書院、二〇〇五年十二月二十六日）。

地方から早稲田大学へやってきた穴虫昭は、友人や先輩、そして女性との交流を経て、いつしか、たくましく成長していく——。

文学も政治も激動していた時代の早稲田を舞台に、ユーモアとペーソスに充ちた筆致で文学青年の魂の遍歴を描く、著者初の長編小説。多くの人々に読んで頂きたいと願う。

『西岡光秋全詩集』を読む

二〇一七（平成二十九）年八月二十八日、西岡光秋の一周忌に『西岡光秋全詩集』が発刊され、手許に届けられた。土曜美術社出版販売刊。

八九五ページの大冊である。

西岡光秋は一九三四（昭和九）年一月三日、大阪市に生まれた。私は同じ年の生まれだが、九月なので、学年は彼が一年上になる。

一九四四（昭和十九）年、広島県高田郡の母の実家に疎開、郷野国民学校に編入。

一九四九（昭和二十四）年、県立吉田高校に入学。

一九五一（昭和二十六）年七月、高校で文芸部を創設し、機関誌「簸川」を編集する。

一九五三（昭和二十八）年、國學院大學文学部入学。

一九五四（昭和二十九）年、東京地方検察庁に勤務、以後、東京高等検察庁、最高検察庁、法務省法務総合研究所等に勤務する。西岡光秋は勤労学生であった。

一九五七（昭和三十二）年三月、國學院大學文学部卒業。十月、父死亡、享年四十九歳。

一九六〇（昭和三十五）年、二十六歳。久松美佐子と結婚。萩原葉子に誘われて、山岸外史主宰の第二次「青い花」同人となる。北一平、丸地守氏を知る。

一九六三（昭和三十八）年、大学で講義を受けた蒲池歓一先生の薫陶を受け、「日本未来派」を紹介されて同人となる。同誌第一〇六号（七月）から作品を発表。四月、第一詩集『魚の記憶』（日本未来派）を刊行。この年、二十九歳である。

詩的自叙伝「詩と風土の背景」に、これまでの歩みが詳しく記されている。

詩集『魚の記憶』

　はしがき　上林猷夫

「魚の記憶」について　蒲池歓一

西岡さんのこと　萩原葉子

西岡光秋は恵まれた出発と言えるだろう。蒲池歓一は大学の恩師であり、萩原葉子は年上の学友であった。

一九八五（昭和六十）年、五十一歳。
日本詩人クラブ理事長に選任される。
一九九三（平成五年）年、五十九歳。
五月、日本詩人クラブ会長に選任される。

一九九五年七月七日には、日本詩人クラブ北海道大会が穂別市で開催され私も参加した。

定年を迎えて初めての遠くへの旅であった。西岡光秋に初めて会った。大柄な彼はぬくもりのかんじられる人柄だった。千葉龍の姿もあった。私は北海道の大自然に包まれて、身も心も解放されるのを感じた。

『西岡光秋全詩集』の巻末には、中村不二夫が解説「誇り高き詩人の詩魂」を書いている。中村不二夫は詩人として、また評論家として活躍している。

敬愛する先輩詩人・西岡光秋の人柄や作品について詳しく解説されている。

中村不二夫も後日、日本詩人クラブ理事長として若くして日本詩人クラブを支えてきた。西岡の晩年まで親しい関係は続いたようである。

西岡光秋は五十二歳の時に、自ら依願退職をし、筆一本で身を立てるという大胆な行動に出ている。思いはあっても真似のできぬことである。

さて最後に年譜や著作一覧に記されていない一冊のアンソロジーについて書いておきたい。

一九三四年生まれの詩人二十四名による饗宴『燦詩の会アンソロジー』(竹林館、二〇一一年四月一日)。三月十一日の東日本大震災の発生によって、その存在は影をひそめてしまった。序文は西岡光秋が書いている。「燦詩の同志たちよ、百歳まで詩を書こう」。その後半を引いてみよう。

このアンソロジーに登場した詩人たちの顔ぶれを見てみると、たくましく多彩である。戦後の肉体的な飢餓状態を堪え忍び、生き抜いてきた自信が伝わってくる。それぞれの生まれ育った風土の違いがあっても、強さを表面に出さない精神の柔軟さを秘めた人間らしさがある。

今、高齢化の境に佇んでいる昭和九年前後の人たちのことを、私は、学童疎開派世代と称してきている。単純な表現に置き換えると、腹ペコ世代といった言葉が、同時に思い出される。すべてが、ＩＴ化に染まってしまった現代の文化の中に、手書き文化の純朴さを、その中心に流れ、そして失われようとしている真の詩の心と共に、これからも大切に温めて行きたい思いで一杯である。

燦詩の会の同志たちよ、これからは百歳の長寿社会である。このアンソロジーを強靱なスプリングボードとして、ますます詩の刃を磨いて行こうではないか。

西岡光秋の逝去が惜しまれる。

『桃谷容子全詩集』を読む

待望の『桃谷容子全詩集』が編集工房ノアから上梓された。発行日は二〇一七（平成二十九）年九月十九日、桃谷容子の没後十五年の日となる。五十五歳で逝去した桃谷が、もし健在であったなら七十歳を迎えたことになる。

『桃谷容子全詩集』は桃谷容子記念基金より私の手許にも届けられた。

全詩集の表紙カバーは桃色であたたかい雰囲気に包まれている。扉絵は庄野英二の赤いバラ。

桃谷容子はだれもが認める美貌の女性であった。巻頭のグラビア写真で、ありし日の桃谷を偲ぶことができる。

私は最初に年譜で彼女の生涯を確認し、詩集評、追悼文、そして小説、エッセイ篇を読んだ。最後に詩集三冊に目を通した。

桃谷容子は一九七二（昭和四十七）年、二十五歳で結婚した。

一九七三年五月から一九七五年二月までポーランドのソスノヴィッツ、夫の会社の勤務地に住んだ。ポーランドはクリスチャンの多い国であったが、社会主義国で生活は大変だったようである。

一九七八年、三十一歳で桃谷は離婚している。その後に詩作を始めている。

大丸百貨店心斎橋店の画廊に勤務したのは、一九八三（昭和五十八）年、三十六歳の時からである。

詩誌「七月」を経て「アリゼ」に所属して詩作に専念するようになった。

エッセイ「庄野英二先生の思い出」には桃谷の屈折した思春期の心情が記されている。心を閉したままの孤独な少女がそこにいる。

三冊の詩集を読んで感じられるのは、幼少期の特異な家庭環境による愛情への渇望と、若くして体験したポーランドでの三年間の生活が主要なテーマとなっている。

『野火は神に向って燃える』の中の「幼年」や、「天国の庭1」には作者の幼少の日の心の風景が鋭く描かれている。

「アリゼ」の同人の出版記念会などで、私は桃谷容子と出会った。特に親しくしたというわけではないが、わたしは毎年ヨーロッパへのスケッチ旅行を行っており、水彩画を描いていた。そんな関係で桃谷が勤務する画廊へは時々顔を出していた。

桃谷容子の『黄金の秋』は第三回福田正夫賞を受賞し、『カラマーゾフの樹』は第二回神戸ナビール文学賞詩部門受賞となった。桃谷の詩人としての人生は順調であった。

一九九七年三月二十日、父・桃谷勘三郎、九十七歳で死亡。

二〇〇〇年八月十四日、母・さき、九十歳で死亡。

二〇〇一年三月八日、財産問題で高裁結審。内容を不服とし、最高裁に提訴。

二〇〇二（平成十四）年、五十五歳。体調を崩す。

九月十九日、午後九時五十五分死亡。

腹膜癌。直接死因は腎不全であった。

十一月十日、桃谷容子を偲ぶ会（大阪上六、たかつガーデン）には私も出席した。

私は機会があって二〇一四年五月二十二日から三十日までポーランドへ旅をした。

その時のことは拙著エッセイ集『ゆかりの文学者との別れ―八十歳の日記』（竹林館）に記されている。

五月二十二日（木）～三十日（金）
画の仲間とのスケッチツアーに参加した。
ポーランドの世界遺産を訪ねて、南から北へクラクフ、ワルシャワ、トルソ、マルボルク、グダニクスを巡った。当初は二十八度と高かった気温も最終日には十二度と温度差が激しく、戸惑いを覚えた。

私たちは大型バスで移動したが、道路の両側には限りない大平原が広がっていた。そして、旧市街を歩いてスケッチした。

ポーランドはカトリックの国で、多くの教会に出会った。有名人としては、ショパンが思い浮かぶが、他にもキュリー夫人やコペルニクス、ワレサ元大統領、ヨハネ・パウロ二世、アンジェイ・ワイダ監督がいる。

首都はワルシャワ、通貨はズウォティ。

クリスチャンであった女流詩人・桃谷容子は、二〇〇二年九月十九日死去。詩集『野火は神に向って燃える』二〇〇三年九月十九日発行。発行所は、編集工房ノア。詩集は桃谷容子の一周忌に「アリゼ」の以倉紘平の尽力で発行された。彼女からは多くの遺産が託されていた。

ポーランドを題材とした「ジュラゾク・ヴォラの五月」「クリスチーネの母」「夜の果ての旅」「カトヴィッツェ」などが収められている。彼女には異母兄姉との確執、いじめによる精神の屈折が感じられる。

桃谷容子はいま天国の庭に立って、『桃谷容子全詩集』の上梓を喜んでいることだろう。桃谷の詩業は高く評価されるだろう。

「引揚詩」記録の会のこと

「詩と思想」二〇一九年三月号に「引揚詩」記録の会のご紹介とご協力依頼の記事が掲載された。

私はすぐに数名の朝鮮からの引揚者の詩友を思い浮かべた。

そして私の亡妻も五歳の時に朝鮮から引き揚げて来ている。

「引揚詩」記録の会共同代表は南邦和、杉谷昭人、柳生じゅん子、谷口ちかえ、岡耕秋の諸氏。事務局は長崎県諫早市の岡耕秋。

私の亡妻も私の詩作に刺戟を受け、少し詩作をしていた。婦人雑誌「ミセス」詩苑に選者・上林猷夫の時に作品「石炭船で」が入選したことを記憶していた。現代詩文庫の『上林猷夫詩集』（思潮社）の巻末年譜を調べてみると、一九七八（昭和五十三）年、六十四歳。一月、婦人雑誌「ミセス」詩苑の選者となる（二年間）と記されていた。

この情報をもとに「ミセス」編集部に作品のコピーの送付をお願いしたところ、数日後に手許に届けられた。
その後、岡耕秋さんからは「引揚詩　資料収集と電子化作業状況　二〇一八年四月十日現在」が送られて来た。百名近い詩人の名前がリストアップされている。満州、台湾、朝鮮、樺太、シベリアなどの各地からの引揚者。私も改めて調べてみると身近に十名ほどの引揚者詩人がいることに気付いた。早速資料をそろえて岡耕秋さんの手許に送付した。
岡耕秋さんは詩とエッセイ「千年樹」を発行されている。第七三号が届いた。創刊から十八年の歴史を持つ、巻末の十八年輪記念エッセイで岡耕秋さんは「引揚詩の教訓」を書いている。

引揚詩は、これらの集団の生々しい体験や心象が刻み込まれた作品群であり貴重な一次資料であり後世への遺産である。引揚詩を書いた多くの有名無名の詩人たちは鬼籍に入り、あるいは高齢の障害者になっている。その詩は忘れ去られ、消滅しようとしている。私たち引揚者の当事者がいまその収集記録を行わなければ、これらは失われてしまう。

戦後七十三年が経過して、戦争を知る人達は年を追うごとに少なくなって行く。今すぐやらねばという思いは強く伝わって来る。私自身もこれから何年元気でおれるかわからない。今回の引揚詩の収集には全面的に協力したいと思っている。

外村ゆきこ「石炭船で」は「ミセス」一九七九年二月号に掲載された。入選は五篇で佳作が十篇選ばれている。選者・上林猷夫のこの作品に対する〈評〉を写しておこう。

誰にもいつか一度は書き残して置きたいものがある。この詩も、戦後三十三年になって、はじめて書かれた忌わしい戦争体験である。

そして（選者のことば）のなかでも外村ゆきこさんの作品のところで書いたが、まだまだ戦争体験は語られないままに、風化しつつある。長い間胸の中にあるものを、思い切って、吐き出して、形象化しておくことも必要である。

と書いておられる。一九四〇（昭和十五）年生まれの妻は五歳であった。
宇都宮市に住む義弟に引揚時の状況をたずねたところ返信があった。その一部を記す。

日本は一九四五年敗戦直後、当時ソウルは、アメリカに占領され、生家の周りには進駐軍がたむろしていたこと、終戦一カ月前に徴兵された父は、日本が敗戦したにも拘わらず、何時まで経っても軍隊での除隊命令が出ないことに、業を煮やし、何人かの兵士とともに、中隊長に、除隊の指示を乞い、上手く除隊命令を取り付け、その足で、列車に飛び乗り、ソウル市の自宅に帰ってきたようです。もしその列車に乗れなかったら、シベリヤに連れて行かれたとのことです。

自宅に戻った父はとにかく本土日本に帰るべく、準備を進め、国の帰国指示を待っていたものの、何時まで経っても、何の連絡も無い為、韓国民の暴動の情報もあり、独自で韓国脱出を決断。私は、三歳でしたが、大きなリュックを背負わされ、人目が付かない夜中、自宅を出て、徒歩で最寄り駅まで歩いていく途中、アメリカ兵が何台かの進駐軍のジープのヘッドランプを我々家族にわざと向け、恐怖心を煽られたことを、今でも鮮明に覚えております。幸い、米兵等は我々家族に何も悪いことをしなかったものの、まさに、あのミュージカル映画サウンド・オブ・ミュージックのトラップ一家の、夜逃げシーンと重なります。その後、釜山から船で博多に行き、そこから、貨物列車に乗り、母の実家である大阪にやっと裸一貫で辿り着きました。時に一九四五年十月でした。

福中都生子さんが健在であった頃、東京から上林猷夫さんを招いて大阪で小さな講演会があり、その時、私は上林さんとおはなしをした。

関西詩人協会は第二の青春

一九九〇（平成二）年十一月に妻・由喜子は脳腫瘍により五十歳の若さで他界した。当時の私には二人の未婚の娘がいた。

私は二冊の追悼詩集を上梓した。

一九九一年『鳥は塒に』（近代文芸社）

一九九二年『天女の橋』（近代文芸社）

共に好評であった。

一九九四年十月三十日には関西詩人協会が設立され会員となった。私はその年の春に、長年勤務した紡績会社を定年退職していた。私は絵画に興味があったので、地元の高槻市絵画同好会にも入会した。この会は毎週火曜日の夜に二時間、ヌードモデルによるクロッキーが行われていた。高校時代に絵画部に所属していたので、絵を描くことに自信はあったが、基礎からやり直せることは幸いだった。その後、ヨーロッパへのスケッチツアーにも参加するようになり、私の眼前には新しい世界が開けたと言える。ヨーロッパの明るい雰囲気は、私の心を解放してくれた。教会や画家、作家の生家、美術館などを訪ねて優れた文化に接することができた。

一九九四（平成六）年十月三十日、大阪市中央区農人町にある大江ビルで、関西詩人協会設立総会を開催、会員三百三十余名の内から八十八名が参集した。役員を次に記しておこう。

代表　杉山平一

委員　青木はるみ　朝比奈宣英　有馬敲　栗田茂　右原厖　島田陽子　瀬野とし　高橋徹　田中国男　竹島昌威知　津坂治男　日高てる　福中都生子　福地邦樹　明珍昇　左子真由美（会計担当）　原圭治（総務担当）　水口洋治（事務局担当）　志賀英夫（運営担当）

監査　金堀則夫　下村和子

強力な顔ぶれが揃ったと言える。この会の設立の目的には「大阪に文学館を作ろう」というねらいがあった。商都大阪に文学を根づかせようとの願いがあった。年に四回、会報も発行されて活発な活動が報告された。その後、一九九五年十月には『自選詩集』が刊行された。

私は一九九五年九月に第七詩集『星に出会う』を東京の待望社から上梓した。鈴木漠が神戸新聞に詩集評を書いてくれた。

そして二〇〇〇（平成十二）年十一月には、初めてのエッセイ集『癒やしの文学』（待望社）を上梓した。

跋文は「人間」同人の遠藤恒吉にお願いした。

金沢市在住の千葉龍の誘いがあって、一九九九年七月二十五日発行の「金澤文學」第一五号から参加した。千葉龍が逝去して終刊となった第二五号まで十年間在籍した。活動的な千葉はよく関西を訪れることがあった。福中都生子とは懇意だった。

二〇〇二年十一月に待望社から第八詩集『男の年輪』を上梓した。谷かずえの書いた新聞評を記そう。

外村文象『男の年輪』（待望社）は楽しく読める。と言っても彼は近年妻をなくしており、既に熟年の日々を生きているのだ。また、七十篇のすべてを、ぶっきらぼうな行替え詩に仕立てている。対象への純粋な思いがそのまま表現されている。「二月のアルル」「ドイツ巡礼」などスケッチ旅行から生まれた作品の、アングルによって異なる詩情は格別である。旅の解放感が、「朝の歓び」「野良犬」などの人生のペーソスを、ユーモアに変えているようだ。

選ばれて関西詩人協会の運営委員になったのは二〇〇二年の十一月だった。連続二期務めた。

二〇〇六（平成十八）年七月二十日から大阪医科大学病院血液内科に入院した。病名は悪性リンパ腫だった。三カ月間入院して抗癌剤治療、放射線治療を受けた。食欲が落ちなかったことが幸運だった。私の難病は無事に完治した。

二〇〇七年に第九詩集『影が消えた日』（待望社）を上梓した。これは闘病詩集であった。二〇〇八年には第二エッセイ集『精神の陽性』を金澤文學会から金澤文庫の一冊として上梓した。新しく書店でも販売することにした。五十冊ほどの購入があった。他には、私の水彩画の個展の時にギャラリーで販売して三十冊ほどが売れた。

このエッセイ集は平成二十年十月二十四日の発行であったが、千葉龍は十一月二十七日に旅行先の、東京のホテルで急逝した。生前に手にして喜んでもらえたのが、せめてもの慰めである。

関西詩人協会の二十五年の会員の時代は、私にとって第二の青春であった。二期六年の運営委員を二回務めている。ほぼ半数の年を役員として過ごしたことになる。

挫折をバネにして生きるというのが私の信念となっている。

報われることの少ない孤独な作業、詩作は私の暗夜行路。闇夜の先に灯りはあるのだろうか。

電子書籍について

東京の出版社・22世紀アートから電話が入って、私の第一エッセイ集『癒やしの文学』（待望社）を電子書籍化しませんかと言う。この著書は手許に残部がなく、丁度良い機会かとも思った。

しかし、私には電子書籍についての知識がほとんどない。清水寺の舞台から飛び降りる気持に似た挑戦である。

詩友の山本十四尾さんは自分の詩集を何冊も電子書籍化されている。『謝して遺言』『雷道』『鬼捜し』『水の充実』『女将』『しもつかり』が刊行され、さらに『母のことなど17の小品』『断続』『舞雪』『葬花』『風呂敷』『花栞』『井守』『しゃがの花など9つの小品』とつづく。

その他に諫早市在住の岡耕秋さんを中心にして「引揚詩」記録の会の活動がある。引揚詩の収集は昨年末で終了した。収集できた詩は約千百篇、手記などの散文が約七十篇、作者の数は故人も含めて約百二十人にのぼる。

これらの作品は、今後電子書籍化される予定である。

こうした身近な動きに後押しされたことも正直に告白しておこう。

私の電子書籍化されたエッセイ集は『私と文学と人生』という題名でアマゾンから販売されることとなった。

PR用の葉書が百枚、22世紀アートから届いた。私は関心を示してくれそうな詩友や知人にお送りした。現在のところ、取り立てて反響はない。

「引揚詩」記録の会の存在を知った私は、亡妻が朝鮮の京城（現・ソウル市）から引き揚げていたことを思い起こしていた。婦人雑誌「ミセス」の詩欄に妻の詩「石炭船で」は掲載されていた。私は「引揚詩」記録の会への参加を決めて、作品のコピーを岡耕秋さんに送った。選者・上林猷夫、入選・外村ゆきこ。

電子書籍は、時代が求める
出版の在り方を体現しました。
電子書籍は、未来の本の形です。

株式会社22世紀アートの電子書籍出版サービスのご案内のPRの文面である。

宣伝の葉書を送って一カ月が過ぎた。予想していたとは言え、あまりの反響のなさに茫然とする。これが現実なのだ。

電子書籍に未来はないのだろうか。大きな疑問が私の中に残る。

アメリカのカリフォルニア州に住む二女に問い合わせてみる。電子書籍は日本よりアメリカの方が普及しているとの返事だった。雲をつかむような話だ。だが、あわてることはない。方向さえ間違っていなければ、いずれ時代が追いついて来るだろう。そんな気持で日々をやり過ごしている。

人はどう生きねばならないかが、文学から消滅してしまった。

魅力ある文学の再起は望めるのだろうか。

『癒やしの文学』（待望社）は私の第一エッセイ集として、定年退職後六年して刊行された。今回電子書籍化されることとなり、久しぶりに読み返してみた。

レールの敷かれた人生から、解放された自由と不安が感じられる。

私の周辺には、定年後にカルチャー教室に通って絵画を始めた人を多く知っている。頭をリフレッシュすることは大切だと思う。長寿社会を迎えて、働くこと以外に自分のやりたいこと、やるべきことを探しておかねばならない。

私の場合は妻に先立たれたので、一人で生きて行く算段をしなければならない。ある意味では自分で即決できて邪魔が入らないという利点もあるが、反面虚しさも否定できない。老夫婦が円満に暮らして行くことは大変だろうなと思うこともある。

今回読んで感じたことは、多くのことを忘れてしまっているということ。やはりその時のことを記録しておくことの大切さを痛感する。私自身が感じたその時その時のことを、これからも記して行こう。訪れた所で出会った人のこと、読んだ本のことなどを。

電子書籍化に当たって表題は『私と文学と人生』とした。定年退職を迎える人たちや、若い人たちに読んで頂きたいと願っている。最後になったが、跋文をお願いした遠藤恒吉さんの紹介をしておこう。

著書は詩集、随筆集など多数出ているが、新・日本現代詩文庫42『遠藤恒吉詩集』（土曜美術社出版販売、二〇〇六年十月三十日）がある。

一九一七（大正六）年、東京生まれ。

一九九〇（平成二）年、「人間」参加。

「日本未来派」に所属。

二〇〇五（平成十七）年三月十五日、慢性呼吸不全急性悪化により死亡。享年八十八歳。

解説は西岡光秋、中村光行、稲葉嘉和。

私は第三エッセイ集『ゆかりの文学者との別れ』（竹林館、二〇一五年九月二十六日）で多くの先輩詩人との別れを書いている。身近に接して学んだ事柄は、私を育てることに役立っている。語り継ぐことの大切さを痛感している。

近江の詩人たち

今年は近江詩人会創立七十周年の年である。

私も若い日に十七年間ほどお世話になった。当時の思い出を少し記してみよう。

私が近江詩人会に入会したのは一九六一（昭和三十六）年である。

一九六二年五月二十日には井上多喜三郎詩碑「私は話したい」除幕式が老蘇小学校で行われ、堀口大學、田中冬二、岩佐東一郎や詩誌「骨」「ラビーン」同人ら多数が参集された。

私が東京の高名な詩人たちとお会いするのは初めてのことであった。

井上多喜三郎（一九〇二・三・二十三〜一九六六・四・二）
一九五〇（昭和二十五）年八月、井上は田中克己、小林英俊、武田豊らと滋賀在住の詩人を主とする近江詩人会を結成。のち加入した杉本長夫と共に後輩詩人たちを牽引した。
私が入会した当時は彦根市商工会議所和室で毎月一回、第三日曜日に例会が開催されていて、十数名が参加していた。井上多喜三郎、武田豊、杉本長夫が中心となって会報「詩人学校」に掲載された作品を議論し合った。

井上多喜三郎は一九四五年四月に応召、旧朝鮮北部の羅津陸軍輸送統制部に配属される。敗戦後、同地と当時のソビエト連邦ウラジオストックの収容所に抑留され四六年末に帰国している。二〇〇四（平成十六）年十月『井上多喜三郎全集』全一巻（井上多喜三郎全集刊行会）が出版された。

武田豊（一九〇九・六・七～一九八八・十二・二十一）

堀口大學に師事した。一九六二（昭和三十七）年、堀口大學を迎えて『ネジの孤独』出版記念会を長浜市で開催している。五二年に「鬼」を創刊し、中央詩壇からも注目されたが、眼疾などの病気により五五号（六九年三月）で終刊。手許にある五四号から同人を記しておこう。天野忠、石原吉郎、太田浩、大野新、片岡文雄、粕谷栄市、斉藤広志、宗昇、谷川文子、武田豊、中川逸司、西川勇、山田博。

杉本長夫（一九〇九・十一・六～一九七三・三・九）

広島県に生まれる。一九一二（大正元）年、四歳の時、父の医院開業のため朝鮮に渡る。二九年四月、京城帝国大学法文学部英文科に入学。

戦後は、四九年五月、専門学校を包括した滋賀大学の助教授に着任。五一年に近江詩人会に参加した。「ラビーン」「骨」同人。詩集には『石に寄せて』『呪文』『樹木の目』がある。

鈴木寅蔵（一九一二・十・十一〜二〇〇〇・三・二十九）
一九二四（大正十三）年から大阪で写真の修業をし、帰郷後鈴木写真館を経営した。三五年頃から西条八十に師事した。五〇（昭和二十五）年十月に近江詩人会に入会。七二年から八四年まで代表を務めた。五二年、喜志邦三主宰「灌木」に参加。日本詩人クラブの会合では写真家として活躍された。

田井中弘（一九二五・三・二十〜二〇〇三・七・三）
一九四四（昭和十九）年、滋賀県師範学校卒業。三十年間におよぶ県内の小、中学校の教職生活を辞して、農林業に転向した。『私の樹木百選』（詩画工房、一九九七年十二月）が九九年二月、第四二回農民文学賞を受賞した。

谷川文子（一九二〇・一・二十一〜二〇一一・一・二十六）
一九三六（昭和十一）年、愛知高等女学校卒業。戦後学制改革により男女共学の愛知高等学校となった。私は後輩になる。四〇年、結婚して谷川姓となり、夫とともに朝鮮全羅南道に渡る。五二年、近江詩人会に入会。五六年、詩集『決意』、七六年『くえびこ』出版。

藤野一雄（一九二二・八・二十八～二〇一一・一・十二）
小学校高等科卒業後、大阪や東京で転々と職を替え、戦後、家業の小間物店を継ぐ。一九五一（昭和二十六）年二月から近江詩人会会員。律儀な人柄を買われ、八五年から二〇〇一年まで同会代表を務めた。詩集は生涯に一冊『立春　小吉』（文童社、一九八八年一月）が刊行された。

大野新（一九二八・一・一～二〇一〇・四・四）
旧朝鮮全羅北道群山府生まれ。一九四九（昭和二十四）年四月、京都大学法学部に入学したが、同年夏に遊泳中の野洲川で喀血、肺結核に罹り病臥。五四年一月、近江詩人会に入会。五七年十二月、井上多喜三郎の世話により京都の双林プリントに就職した。六二年二月、それまで京都の現代詩研究会に集っていた河野仁昭、清水哲男、有馬敲、深田准と同人詩誌「ノッポとチビ」を創刊。第四詩集『家』（永井出版企画、一九七七年十月）で七八年二月、第二八回H氏賞を受ける。

宇田良子（一九二八・七・二十五～二〇一九・五・二十四）

彦根の旅館「やりや」の女将。第一詩集『冬日』には田中冬二が序文を書いている。第二詩集『窓』（文童社、一九七九年十一月）、第三詩集『堀のうち』（編集工房ノア、一九八九年十二月）。

伊藤茂次（一九二五・十・一〜一九八九・三・十二）

京都の双林プリントで同僚の大野新の影響により詩作を始め、一九六四（昭和三十九）年、近江詩人会に入会。没後『伊藤茂次詩集』（亀鳴屋、二〇〇七年三月）が刊行された。

竹内正企（一九二八・十・十一〜）

一九六七（昭和四十二）年四月、近江八幡市大中町の湖干拓地に入植。『地平』（文童社、一九八〇年八月）により第二四回農民文学賞を受賞。

石内秀典（一九四〇・七・十三〜）

大学在学中の六〇（昭和三十五）年に近江詩人会に入会。詩集に『ゆれる椅子』（天幕書房、一九七〇年十月）、『転勤』（編集工房ノア、一九九三年六月）、『河へ』（編集工房ノア、二〇〇一年六月）がある。

参考文献　『滋賀近代文学事典』和泉書院、二〇〇八年十一月二十日。

「銀河詩手帖」三〇〇号を祝う

二〇二〇（令和二）年六月二十一日、「銀河詩手帖」三〇〇号が発行された。一九三〇（昭和五）年生まれの東淵修は一九六八年、三十八歳で「銀河詩手帖」を創刊し、ちょうど創刊から四十年になる。二〇〇八（平成二十）年に七十七歳の喜寿で亡くなったのだが、今年の六月二十一日で、生きていれば九十歳の卒寿となる。主宰者の近藤摩耶は〈編集の音〉に「お誕生日プレゼントにしたいと願った」と書いている。創刊は一九六八年十一月一日である。

東淵修とは「銀河詩手帖」創刊前の「地帯」の時代から知り合っていた。

通天閣で開催された詩画展には私も参加している。一九六八年五月に開催の「みどりの詩展」には金子光晴、木原孝一を含む八十一名が参加した。一九九六年十一月三日より一週間、詩展「紅葉幻想」が開催され杉山平一、藤冨保男など四十名が参加した。この時には詩の朗読会や懇親会も開催された。黒羽英二さんにはこの時にお会いしたと記憶している。

東淵修は詩の朗読会を活発に行っている。

一九七二（昭和四十七）年八月に東京新宿、紀伊國屋ホールにて「銀河詩手帖フェスティバル」を開き、宗左近が「炎える母」より朗読「人情釜ヶ崎」の上演、東淵修作、詩劇「山頭火ひよう鋲」など発表している。十二月には大阪心斎橋パルコスタジオにて、吉原幸子、吉増剛造、白石かずこ、諏訪優と共に出演する。私もこの時参加した。長男はまだ幼稚園に通っていた。翌年十二月にも同じ場所、同じ出演者で「人情釜ヶ崎」を上演している。

一九七六（昭和五十一）年四月にも同じ場所で出演者、小野十三郎、高田敏子、犬塚堯、吉原幸子とともに出演している。その年の十月には、東京浅草、木馬館にて、やはり新宿紀伊國屋ホールにて「銀河詩手帖フェスティバル」で坂本遼詩集『たんぽぽ』より、組詩「しぐれ」や、東淵修の語り朗読「人情釜ヶ崎」を上演。このように十年間ほどは東京、大阪で現代詩人たちと朗読活動を繰り返していた。

東淵修からは何度か「銀河詩手帖」への同人参加を誘われたが、私には他に所属詩誌があり付かず離れずの関係にあった。

その代わりと言ってはなんだが、年一回発行の現代詩人アンソロジーには毎回参加していた。東淵修の広い人脈で全国各地の詩人が毎回たくさん参加していた。

東淵修はひと頃、釜ヶ崎を離れて堺市に住んでいた。堺の駅の近くにガレージを借りて事務所にしていた。その頃に私は一度訪ねたことがある。印刷を自分でやっているようだった。華やかな時代は過ぎ去っていた。経済的にも苦しそうだった。だが彼には詩の炎は燃え続けていた。

原圭治の「大阪弁と釜ヶ崎にこだわり続けた詩人・東淵修さん」によれば、一九九四（平成六）年、札幌からやって来た近藤摩耶と運命的な出会いをする。

その後、近藤摩耶によって「銀河詩のいえ」が浪速区恵比須東に開設される。東淵修は酒は一升、タバコは日に六十本というような生活をしてきたこともあって、血圧は高いわ、心臓は悪いわ、糖尿など健康を害して病院通いしている間に十年以上経っていた。

近藤摩耶は「師」と慕う東淵修を助けるために、勤めていた病院をやめ、人工透析を受ける彼を献身的に支えてきた。

二〇〇三年八月に「銀河詩手帖」二〇〇号から発行人を近藤摩耶にバトンタッチした。二〇〇八（平成二十）年二月二十四日、東淵修は逝去した。享年七十七歳。

その後、近藤摩耶は病気をすることもあったが、「銀河詩手帖」の隔月刊を守り通して、このたびめでたく三〇〇号の記念号発刊を達成した。彼女の胸には万感の想いが去来していることだろう。同人の顔ぶれを見ていると古くからの参加者も多く見受けられる。

こうした人たちに支えられて今日の日を迎えられたのだろう。

現在、詩の世界には逆風が吹き荒れている。若者たちの活字離れがあり、文学という地味な分野への関心は薄れつつある。

三〇〇号には佐々木道子のエッセイ「通天閣の空の下季節はめぐり人もめぐる」が掲載されている。「銀河詩手帖」初期の頃の思い出が記されていて、興味深く読んだ。私も存じ上げている詩人の名前も登場してなつかしく拝読した。

関西地区に於いては「銀河詩手帖」は特殊な立場にあったようだが、全国的にはその知名度が高かったと言えるのではないだろうか。

現代詩人アンソロジーの参加者には、関東地区の有名な詩人の参加もあった。現代詩の普及という意味では東淵修の果たした役割は大きかったと私は評価している。

東淵修は自己顕示欲が強い性格であったかも知れないが、自分の財産の総てを詩誌の出版などに注ぎ込んでしまったことなどを考えると、意外に無欲で純粋な人だったと言えるのではないだろうか。愛すべき詩人の姿を私はそこに見る思いがする。

坂本遼、杉山平一など関西の詩人の詩集の復刻版を出版したことなども評価されて良いだろう。

Ⅲ

京都での青春の日々

一九五六（昭和三十一）年三月に私は社会人となった。大阪に本社のあるA紡績に就職した、新々紡だった。工場は中京区御池にあった。一カ月は工場で現場研修をした。みんなと一緒に汗を流せということだった。

軍隊生活を経て、戦後独立した社長は若く元気がみなぎっていた。女子従業員は富山地方から来ている人が多かった。ほとんどが寮生活をしていた。

やがて私は大阪本社へ通うようになったが、京都工場の寮に住んだままだった。仕事は忙しく帰りは遅くなった。大部屋だったので枕元で麻雀をする者もいたが、気にせず眠りに着いた。

京都には色街が多く存在していたが、工場の近くには五番町遊廓があった。夜ごと男子は連れ立って遊びに行っていた。そのうちに私も仲間に加わっていた。こうした集団生活で個を守るということは大変なことである。時に変人扱いして警戒されたりする。時には性病のお土産をもらってくる者もいた。

私は文学への憧れがあったが、母子家庭で経済的に自立することが急務だったので仕事を覚えることに努力した。

何年か後に、私は小説と詩の同人誌を主宰することになった。それは自分なりに仕事をこなす自信ができてからのことである。文学で生活できるわけではないので、あくまで自己研鑽、精神の充実を計ることを目的としていた。

工場には多くの女子従業員がいたが、結婚相手は、それなりに教養もあり相当と思われる人を選ぶべきだと思っていた。

私は心を寄せていた人と、紹介という形で交際することができた。二人で京都市立美術館でピカソ展を観たこともあった。彼女は子供にバレエを教えていて、絵にも興味を持っていた。たまたま市内を歩いていたら、先斗町というところへ来た。

私は「何と読むか知っている?」とたずねた。ちょっと意地悪な質問だった。

「わかりません」と彼女は答えた。

「ポント町と読みます」と私は得意気に言った。

それでも紆余曲折を経て、私たちは結婚した。すぐに子供に恵まれた。子供の小さい頃、京都の植物園に行った写真が残っている。妻は生花を習っていて、花が好きだった。私はサラリーマン生活をしながら、文筆活動を続けていた。あまり目立たぬように、ひっそりと活動していた。それが生活の助けになるわけではない。精神の安定を保つために、会社では思いきり歯車としての役目を果たし、心の乾きを詩作で潤すという図式だった。だが、文学は商人の街大阪ではまったく評価されなかった。金にもならんことをしてと馬鹿にされる始末である。私の文学修行は続いた。

山田博さんとの交友録

一九二三（大正十二）年生まれの山田博さんは、私よりひと回り年上でした。第一詩集『掌』の発刊が一九六七（昭和四十二）年で、詩人としては遅い出発と言えます。

私が山田博さんを知ったのは長浜市在住の詩人・武田豊が発行していた詩誌「鬼」によってでした。「鬼」は一九五二年に創刊されています。同人には天野忠、石原吉郎、太田浩、大野新、片岡文雄、粕谷栄市、斉藤広志、宗昇、谷川文子、武田豊、中川逸司、西川勇、山田博といった方々がおられました。

詩誌「鴉」は中村光行主宰で一九六六年に創刊されました。同人には大野新、中村隆、広部英一、筧槇二、石原武、南信雄、岡崎純などが名を連ねています。後日、山田博さんもここに加わられました。

同じく中村光行主宰の詩誌「人間」の創刊は一九六〇年一月一日で、私は一九六五年に三三号から参加しています。この時に山田博さんは同人でした。

一九六六年六月に神戸市在住の池永琉と私が中心となってアンソロジー『花綵詩領』を上梓しました。この時には山田博さんにも加わってもらいました。六月十九日に神戸市の「ウヰルキンソン」というレストランでささやかな出版記念会を持ちました。神戸のなかけんじ氏や中村光行、大野新、山村信男の諸氏も駆け付けて下さいました。

私は近江詩人会会員でありましたが、京都では「ノッポとチビ」に気鋭の若手詩人が集っていました。有馬敲、大野新、河野仁昭、清水哲男、山村信男、野谷美智子他、といった顔ぶれでした。

一九六四年九月に京都で「ノッポとチビ」の詩祭があり、参加した私は中村光行、角田清文、長谷康雄さん等にお会いしました。

大野新詩集『藁のひかり』（一九六五年九月）と山村信男詩集『重い母』（一九六五年十月）の合同出版記念会が京都で開催された時、石原吉郎、清水哲男、山田博の諸氏にお会いしました。この時が初対面でした。石原吉郎氏はソビエトに抑留生活をされて、詩人としては遅い出発でした。清水哲男氏は京大を卒業後、東京の出版社に勤務されていました。山田博さんは小柄で温厚な感じの人でした。

山田博さんは七十歳になって第三詩集『戯画』（編集工房ノア、一九九二年十二月二十五日）を発刊しています。第二詩集『句読閑話』から二十五年の歳月が流れています。

山田さんは小学校の教員をされていた時に召集されて従軍されました。南方戦線から無事に帰還されて木工会社に勤務されました。奥様とは若くして死別されています。二人の子供を育てるのは大変だったと思います。そんな山田さんから愚痴らしいことを聞いたことはありません。

私はエッセイ集『癒やしの文学』（待望社）に「山田博の戦争詩」を書いています。山田博さんは俗世の苦労を表情にあらわすことなく、にこやかな笑顔でいられるのは天性の人柄の良さと言えるでしょう。海南市で開催されたリゾート博の時には、初めて海南市を訪れました。

それより前に、私の家の子供が小学生時代に山田博さんの紹介で新和歌浦の旅館で一泊して海水浴をしたことがあります。「人間」の同人会も新和歌浦で一泊して開催したことがありました。

和歌山詩人協会に所属されて、地元の詩誌「新怪魚」でも活躍されていました。本誌「モデラート」に山田博さんのエッセイが長い間、連載されていました。私も愛読させて頂いていました。私の率直な感想は生真面目な山田さんらしい文章でしたが、もう少しやわらかい話題があっても良かったのではないかと思ったりしました。

山田さんはお酒は少量しか飲まれませんでした。でも話題は豊富でした。

私たちの若い時代は詩の盛んな時代であったとも言えます。男性の詩人が圧倒的に多かったのです。

カルチャーセンターなどの普及によって、だんだん女性の書き手も増えて来ました。子育てが終わってからの生きがいとしての詩作を始めた人もいます。

山田博さんは後世に語り継いで行きたい、本当の詩人だと私は思っています。

二〇一二(平成二十四)年六月十三日、早朝に山田博さんは逝去されました。享年八十九歳。老衰でした。

大阪地域の詩の動向

一九九四（平成六）年十月三十日、関西詩人協会が設立され私は会員となった。

大阪には以前から大阪文学学校がある。多くの人がここで学んでいる。私は若い日に近江詩人会に入会していた。

日本詩人クラブでは二年ごとに関西大会を大阪で開催している。

志賀英夫、島田陽子、横田英子などのみなさんがお世話をされてきた。特に志賀さんは詩画工房という出版社の社主として、また同人詩誌「柵」の主宰者として、多くの詩人たちと関わって来られた。

関西詩人協会は今年、創立二十五周年を迎えた。会報を年四回発行しているが、特筆すべきはインターネットにホームページを開いていることである。詩に親しみのない一般の人たちにも門戸を開いている。自選詩集の発行や英訳詩集「言葉の花火」も継続して発行している。その他、イベントや文学散歩などを行って会員の親睦の機会としている。

会員が発行している詩誌には、横田英子「リヴィエール」一六六号、後山光行「粋青」九一号、金堀則夫「交野が原」八六号、などがある。

大阪では詩の朗読も盛んである。

詩を朗読する詩人の会「風」は例会を毎月一回開催している。

朗読文化の会「あい」も活発な活動をしている。

詩から読者が離れてしまっている。詩の読者を呼び戻すためにはどうすればよいのだろうか。魅力のある詩、こころを揺さぶられる詩の出現が待たれる。

私は「コールサック」九九号（二〇一九年九月一日）にエッセイ「日本詩人クラブに寄り添って」を書いている。私と日本詩人クラブとの繋がりを知ってもらうことができる。日本現代詩人会と両方に所属しておられる方も多いが、私は日本詩人クラブのみである。『日本現代詩選』にも継続して参加している。

地方大会で日本各地へ訪れている。「金澤文學」の千葉龍、「岩礁」の大井康暢の両氏とは必ず顔を合わせていたが、残念ながら故人となられた。大阪の下村和子、佐藤勝太の両氏ともご一緒した日の情景が思い浮かぶ。

島田陽子　二〇一一（平成二十三）年四月十八日没
志賀英夫　二〇一六（平成二十八）年十二月三十日没
佐藤勝太　二〇一九（平成三十一）年三月二十三日没

二〇二〇（令和二）年には日本詩人クラブは創立七十周年を迎える。それだけの歳月が流れて歴史が積み上げられた。

大阪の出版社としては竹林館、澪標、編集工房ノアが健在である。出版不況の中で良質な書物の出版に尽力されている。

詩人による詩集の発行も旺盛である。関西詩人協会では毎年十一月の総会に於いて、一年間の出版物の紹介がされるが、毎年かなりの数となっている。年配の人たちが頑張っているが、若い人は今ひとつと言えるのではないだろうか。

若い人は現実的に物を見ているのではないか。詩作という無償の行為への理解が乏しいと言える。

宗教に傾く人は意外に多い。人は悩みながら生きている。「詩は私の宗教です」と言った詩人がいたが、詩の明日を信じて私たちは生きて行きたいと思う。詩によって救われる日がきっと来ることを信じて。

私の詩と絵の源流

太平洋戦争が終戦を迎えた日、私は国民学校の五年生だった。当時は男女が別クラスだったのが、その後同じクラスとなった。

学制改革があり、六・三・三制となり、中学校までが義務教育となった。そして私たちが初めての新制中学生となった。とは言え校舎が間に合わず小学校の校舎で中学生を迎えた。

私が育ったのは滋賀県の東近江市で一九四四（昭和十九）年には縁故疎開の児童が転校してきた。また、村のお寺には大阪から集団疎開の学童たちがやって来ていた。村の民家への「もらい風呂」というのも行われた。親の許を離れた子供たちは淋しい思いをしたことだろう。

中学二年になって隣り村にある農学校の校舎の一部を借りて四カ村組合立の「神崎中学校」が発足した。私たちは体育館を間仕切りした教室で一年間を過ごした。

私は図書部に入って読書欲を満たしていた。私の生まれた年に父が病死していたので、わが家は経済的に貧しかった。

校長は越後一雄先生、教頭は小川留之介先生だった。小川教頭は油絵を描いておられ、時々廊下に展示された。それは二十点ほどあり見ごたえがあった。私が絵に接した最初と言える。私の家にはわずかに数冊の絵本があった。

後に知ったことだが小川教頭は滋賀県では有名な日展作家・野口謙蔵に師事されていたとのことである。私たちは幼い日に本格的な油絵を観ていたことになる。

その後私は愛知高等学校に進んだ。前身は女学校で校舎はピンク色に塗られていた。当時は学区制で自由に学校を選ぶことはできなかった。神愛高等学校と呼ばれて八日市校舎と愛知校舎に分かれていた。八日市校舎の前身は男子校だった。

高校では図画担当の後藤直正先生との出会いがあった。日本画で県展の特選などを取って活躍されていた。後藤先生は絵だけではなく剣道や水泳なども得意で活発な先生だった。

図画の時間に描いた私の絵を後藤先生は高校展などに出品された。それが入賞したりすることがあった。私はその後美術部に入部した。後藤先生は県展への出品をするよう言われた。当時の審査委員は洋画は京都在住の須田国太郎先生だった。二年生の時に出品して私の水彩画は入選した。三年生の時には美術部から七名が入選して新聞の地方版にも報じられた。

絵を描く一方で私は二年生の頃から小説などを読むようになった。辻亮一が小説「異邦人」で芥川賞を受賞したのは丁度その頃だった。五個荘町出身の作家・外村繁も東京の中央文壇で活躍していた。私は投稿雑誌「弁論」(後に「若い広場」と改題)を購読し投稿するようになった。小説と詩を書いた。意外に早く活字になった。

高校を卒業すると、大阪の商事会社(実質は繊維問屋)への就職が決まっていたが、体調がすぐれなかったのと、気が進まなかったのでそれを断った。

その年の盆明けに滋賀大学経済短期大学部(三年制)が開校した。私は試験に合格し入学した。それまでにも地方公務員試験に合格していたが就職口はなかった。就職難の時代であった。

短大では文芸部に所属し「ともしび」という同人誌を創刊した。その頃滋賀県文化祭が開催されていて小説、随筆、詩、短歌、俳句などの募集が行われていたが、私はそこには応募しなかった。

一九五六(昭和三十一)年四月、私は無事に卒業して、大阪の綾羽紡績株式会社に入社した。創業十年目の新々紡である。社長は河本嘉久蔵(後の参議院議員)、滋賀大学経済学部の先輩であった。新設短大の卒業生のために特別に採用枠を取って頂いた。六名が受験して私一人が採用された。姉が日本勧業銀行に勤務していたのが良かったのかも知れない。綾羽紡は色んな銀行から借入れをしていた。伊藤忠商事は親会社で社長は越後正一。神崎中学校校長・越後一雄は実兄である。後に綾羽高等学校の初代校長となられた。河本社長は温情の人であった。私は幸運だったと言える。

私は工場での研修期間一カ月の後、大阪本社勤務となった。軍隊経験の長かった河本社長はワンマン経営だった。前進あるのみで多忙だった。京都市内の工場の寮に住んで通勤した。

この時点で絵からは離れ、時々展覧会を観る程度となった。文学への想いは断ち難く、現実の乾いた生活を潤すために、細々と創作を続けた。少し会社の仕事にも慣れてきた一九五八（昭和三十三）年四月に「若い広場」の投稿仲間と文芸同人誌「アシアト」を創刊した。これは六年半継続して一九六四年十月に二〇号で終刊とした。この号には角田清文「虚空小吟」の寄稿を得ている。「アシアト」で特筆すべきことは作家・内田照子を生んだことである。彼女は鳥取県在住で現在も活躍されている。

私は一九六一（昭和三十六）年に近江詩人会に入会した。井上多喜三郎、武田豊、杉本長夫諸氏の指導を受けた。他には鈴木寅蔵、田井中弘、谷川文子、宇田良子、大野新、藤野一雄、中川逸司などがいた。

一九六二（昭和三十七）年五月二十日、井上多喜三郎の詩碑「私は話したい」の除幕式が老蘇小学校で行われた。恩師の堀口大學、詩友の田中冬二、岩佐東一郎などが参集された。

京都の同人詩誌「骨」や「ラビーン」の同人も多く来場された。

私も末席に若輩ながら連なることができて幸せだった。まだ詩の盛んな時代だった。八日市高校卒の川崎彰彦、深尾道典の両氏と知己を得たことは私の文学人生を色濃く豊饒にしてくれたことに感謝している。

定年間際になって綾羽絵画クラブが創設された。講師は草津市在住の洋画家・新庄拳吾先生。私の高校時代に県展で無鑑査となっておられ、その男性的な画風に憧れていた。私の絵画の再開であった。

詩作については中村光行主宰の同人詩誌「人間」に三三号から参加した。

その後、北一平氏の誘いがあって日本詩人クラブに入会した。第四詩集『異郷』が評価されたようだった。

わが詩作の道程
――詩と絵の二刀流

エッセイ集『ゆかりの文学者との別れ』(竹林館)に「私の詩作の道程」が掲載されている。末尾には「田園」一五一号と記されている。「田園」は大井康暢主宰の同人詩誌で二〇一二(平成二十四)年六月一日発行。この年の五月六日に大井康暢は逝去した。八十二歳であった。この号で「田園」は終刊となった。表紙絵は私が描いた南仏の水彩画で飾られている。

歳月の過ぎ去るのは早い。あれから六年が過ぎ去ろうとしている。これまでの日々を記しておこうと思う。

二〇一三年九月には第十詩集『秋の旅』をコールサック社から上梓した。これまでは編集を自分でやって来たが、今回は鈴木比佐雄さんに編集をお願いした。これまでに発行した詩集やエッセイ集を読み込んで解説を書いて頂いた。

私の所属する詩誌「東国」には苗村和正さん、「コールサック」には周田幹雄、倉田茂の両氏に書評を書いて頂いた。いずれも尊敬する詩友である。周田さんはその後逝去された。

十一月の二十一日から二十六日まで、高槻市のセンター街にあるギャラリーNOBで「傘寿記念展」を開催した。私の五回目の個展である。

二〇一四年一月十八日、十九日にはJR京都駅前の龍谷大学アバンティ響都ホールで映画上映&シンポジウムが開催され参加した。北海道在住の斎藤征義さんに久しぶりにお会いした。学生も出席するのかと思ったが観客は意外に少なかった。

二月二十六日（水）、絵のグループ「ひまわり会」で神戸市立博物館の「ターナー展」を鑑賞した。数年前の正月に長男と一緒にイギリスのマンチェスターに住む二女夫婦の家を訪ねた時にも美術館で何点かのターナーの作品を目にすることはできたが、今回は空の画家と言われるターナーの作品をたくさん見ることができて幸せであった。

三月二十四日（月）、「大阪檸檬忌」に参加。今年の講演はシナリオ作家の深尾道典氏。深尾氏とは同郷で、彼は中学校の二年後輩。プロフィールは、一九三六（昭和十一）年、滋賀県五個荘生まれ。早稲田大学第一文学部卒業後東映に入社。一九六六年、シナリオ「曠野の歌」で多方面から注目を浴び、一九六八年、映画「絞死刑」（A・T・G〈アートシアターギルド〉作品）のシナリオでキネマ旬報脚本賞を受賞。以来、映画や舞台の脚本、演出、ラジオやテレビのドラマ、エッセイを執筆。

当日の演題は「檸檬忌に寄せて」。

彼は八日市高校時代に野球選手として甲子園にも出場している。文武両道の人である。

五月十日(土)、第一九回日本詩人クラブ関西大会がホテルアウィーナ大阪で開催され出席した。十三時三十分開会、十七時閉会。会場を変えて懇親会が開催された。第一部、第二部の参加者は百五十名、懇親会は参加者八十五名であった。

五月二十二日(木)から三十日(金)まで絵を描く仲間とポーランドへのスケッチ旅行に参加した。世界遺産を訪ねて、南から北へクラクフ、ワルシャワ、トルン、マルボルク、グダニクスを巡った。

クリスチャンであった女流詩人・桃谷容子は主人の仕事の関係で、一九七三年から一九七五年までポーランドに住んだ。今回の旅に参加した目的には、彼女が暮らした土地を知っておきたいという気持があった。

桃谷容子は二〇〇二(平成十四)年九月十九日に死去した。彼女の一周忌に「アリゼ」の以倉紘平の尽力で詩集『野火は神に向って燃える』が上梓された。彼女からは多額の遺産が以倉に託されていた。

旅行中の五月二十五日(日)にはアメリカのサンノゼに住む二女が四十一歳で初めての女児を出産した。名前は由理夏。

七月五日（土）、関西詩人協会設立二十周年記念・詩誌交流詩祭「詩はどこへ」が大阪リバーサイドホテルで開催された。

記念講演は「詩の発生――表現と現実」、講師は森田進氏。森田氏は堺市在住だった。詩の朗読には上田由美子、宮田小夜子、おしだとしこさんなど親しくさせてもらっている詩人も参加された。

私は二〇一一年から二度目の運営委員として詩画展の担当をしている。これは二期六年、二〇一七年十一月で終了した。

九月二十六日（金）、八十歳の誕生日を元気に迎えられたことは嬉しい。

十月十二日（日）、ＰＯ創刊四十周年記念フェスティバル「明日への一歩、詩のヴィジョン」が大阪キャッスルホテル六階で開催され参加した。

講演は荒川洋治氏「現代の詩・これからの未来」。大学の教壇にも立っておられたようで、話は面白かった。

荒川氏は福井県生まれで則武三雄に師事された。広部英一、岡崎純、川上明日夫などがいた。大学卒業後は東京で活躍された。第二八回高見順賞、第五一回読売文学賞、第一三回萩原朔太郎賞、第二〇回講談社エッセイ賞、第五回小林秀雄賞など、たくさんの大きな賞を受賞されている。その後、鮎川信夫賞も受賞された。

十一月二十八日（金）、黒羽英二さんが同人誌「詩霊」を創刊された。その意欲には敬服する。

十二月十三日（土）、関西詩人協会の二〇一五年度、第一回運営委員会がエル・おおさかで開催され出席した。改選により事務局長が大倉元、総務が名古きよえに代わった。代表は有馬敲が継続する。


少し前後するが、二〇一三年四月二十日発行の「東国」一四五号から、川島完さんの誘いがあって参加している。作品は「縁あって上州の地に」。

二〇一五年一月十七日（土）は阪神・淡路大震災から二十年目の日である。

一月二十四日（土）、川上明日夫詩集『草霊譚』出版記念会が大阪市中央区谷町六丁目の薬業年金会館二階のレストランで開催され参加した。午後五時から七時まで。

川上明日夫は福井市在住で詩誌「木立ち」を主宰している。他に大阪文学学校のチューターをしている。出席者は三十六名。若い日に川上明日夫は中村光行の「鴉」の会に所属しており、私は中村光行の「人間」に所属していた。時に合流することがあった。「宇宙詩人」鈴木孝の韓国旅行でも偶然に一緒になった。

三月十一日（水）、東日本大震災から四年が経過した。

三月三十日（月）、第一〇回「三好達治賞」贈呈式が開催された。会場は大阪市中央公会堂三階・小集会室。今回の受賞作品は高橋順子さんの『海へ』であった。高橋さんとは初対面である。講演「高橋順子さんの仕事について」新藤涼子。

五月九日（土）、日本詩人クラブ山梨大会二〇一五が甲府市で開催され参加した。京都から静岡までは新幹線ひかりで、静岡から甲府までは特急ふじかわで、併せて四時間半ほどの時間を要した。甲府には元山梨県詩人会会長・笠井忠文氏がおられて、同人詩誌「人間」でご一緒していた。一九九八年頃に石和温泉で同人会があって訪れている。この会で元「人間」の倉田武彦さん、第二五回日本詩人クラブ新人賞受賞者の石下典子さんには初めてお出会いした。谷口ちかえ、小野ちとせさんにも。

懇親会は午後六時から甲府市丸の内の談露館で開催された。甲府ワインで乾杯を行ったのは他の会場ではこれまでに見られぬことだった。

翌日は快晴に恵まれて宿泊先の甲府ワシントンホテルプラザ九階の部屋から富士山を見ることができた。この日は観光で、午前八時三十分にホテルを出発、観光バスは満席だった。甲府城・昇仙峡・金桜神社・円右衛門伝承館・仙娥滝・昼食（橋本屋）・影絵の森美術館・甲州夢小路・甲府駅着午後三時、解散。観光バスでは大阪府泉南郡から参加した平野裕子さんと同席した。駅のレストランで早い夕食のほうとう鍋を食べた。昨年平野さんは逝去された。旅の好きな人だった。

五月十二日（火）、神崎中学校第二回卒業生同窓会が近江八幡市のホテルニューオウミで開催され参加した。今回は五年ぶりの開催であったが、出席者は三十九名と少なかった。

関東から五名の参加があったのは嬉しいことだった。

この年の五月はハードスケジュールだった。五月二十四日（日）から五日間、絵のグループ「ロマンの会」のスケッチ旅行に参加した。福島、栃木、茨城方面へ。

伊丹空港から新潟空港に飛んで、大型観光バスに二十五名が乗車して移動した。

蔵の街・喜多方に到着、蔵の街としては当地喜多方と埼玉の川越、倉敷が有名だとのこと。昼食後、スケッチをする。ラーメンも出て美味しかった。その後は会津若松へ移動し、明日のスケッチ場所として飯盛山、武家屋敷、鶴ヶ城などを下見した。この日の宿泊先は裏磐梯ロイヤルホテル。

五月二十五日（月）朝、ホテルの近くの五色沼を散策。猪苗代湖へ。日本で四番目に大きい湖。透明度の秀でた湖。野口英世記念館を見学。裏手には野口英世の生家が復元されていた。修学旅行の学生の姿が多く見られた。会津若松では七日町通りの街並みを描いた。宿泊先は芦の牧温泉の和風旅館「大川荘」。

五月二十六日（火）、古い宿場町大内宿でスケッチ。道路の両側には茅葺き屋根の家が二百メートルほど続いている。福島県岩瀬郡大栄村にあるブリティッシュヒルズは海抜千メートルの森林の奥深く、忽然と中世英国の佇まいが現れる。

五月二十七日（水）、栃木市へ移動し、蔵の街をスケッチする。

五月二十八日（木）、佐原へ移動、水路のある風景をスケッチ。東京駅発のぞみで帰阪。

私は若い日に投稿雑誌で育ったので、全国にたくさんの詩友がいる。その一人が北海道在住の文梨政幸さん。偶然にも私と同年である。私のエッセイ集『ゆかりの文学者との別れ―八十歳の日記』（竹林館）を読んで便りを頂いた。「川崎彰彦の青春哀歌」を読み、北海道新聞社時代の川崎彰彦と親しくしていたとのことである。私は大学生時代そして北海道に渡ってからの川崎彰彦とは全く音信がなかった。疎遠だったと言ってよい。私は北海道時代の川崎彰彦について知りたいと思った。文梨さんにお願いして川崎さんのことを書いて頂いた。

酔夢残影　川崎彰彦と三輪正道

「大和通信」第一〇八号（大和郡山市、海坊主社、二〇一八年三月二十五日）が届いた。三輪正道追悼号となっている。まだ若い彼の突然の死に驚いた。

三輪正道を知ったのは一年ほど前である。編集工房ノアのＰＲ誌「海鳴り」二九号（二〇一七年五月一日）が届いて「湖国から加賀路へ」三輪正道が掲載されていた。私は東近江市の出身なので興味を持って読んだ。

三輪正道は福井県鯖江市に一九五五（昭和三十）年に生まれた。福井工業高等専門学校を一年留年して卒業し、日本道路公団に就職した。最初の赴任先は彦根であった。彦根で三年ほど勤務した頃に躁鬱（そううつ）病を発症し入院治療をする。その後富山への転勤となる。この会社では三年ごとくらいに転勤が行われるようである。三輪正道は生涯この病気に苦しみ続ける。

著作第四集の『残影の記』には「すべては『夜がらすの記』から」に川崎彰彦との出会いを書いている。

川崎彰彦さんの『夜がらすの記』に出会ったのは、富山市から八尾市に引越した翌年、一九八四年の梅雨のころだった。インテリ崩れの貧乏話や酒飲み話に惹きつけられ、かつてない感銘をうけたぼくは、作者に会いたくなり大阪・谷町の〈うれしの〉を訪ねた。それから、どれくらいしてか、デキシー好きの川崎さんを先頭に、〈うれしの〉の常連客でデキシーランド・ジャズの演奏会に行くと聞いた。深緑の映える五月末か、六月初旬、酒肴を携えてあつまるのだった。とりわけ、〈うれしの〉のママ手づくりの酒の肴が待っていた。ぼくはジャズ喫茶などで飲みながらモダン・ジャズを聴くのを好んだが、昼ひなか芝生にすわって飲みながら、講堂内での演奏を野外スピーカーで聴く陽気なデキシーの音色もいいものだった。

三輪正道は郷里を同じくする作家・中野重治に心酔し、没後の〈くちなし忌〉には金沢、東京へも足を運んでいる。

上林暁の病妻物も好んで愛読している。

「青空」の同人だった梶井基次郎、中谷孝雄、外村繁の作品にも親しんでいる。梶井は肺結核を患っていたので、患者の心理には通ずるものがあったのだろう。

彼は行動力があり、「歴程」のセミナーや「新日本文学会」の集りにも参加している。

妻の富喜子とは「新日本文学会」の集りで知り合った。共に酒好きという共通点もあった。彼女は秋田県の出身である。

すまじきものは宮仕え、と常に口にして退職願望が強かった三輪正道だが、二〇一五年十一月末に日本道路公団を定年退職した。

二〇一八（平成三十）年一月十二日、神戸医療センターで三輪正道は逝去した。享年六十二。

三輪正道の創作集は五冊、いずれも大阪の編集工房ノアから発行されている。

『泰山木の花』　一九九六年十月刊
『酔夢行』　二〇〇一年十二月刊
『酒中記』　二〇〇五年十二月刊
『残影の記』　二〇一一年十一月刊
『定年記』　二〇一六年七月刊

二〇一八年四月八日　午後一時から三時
場　　所　ホテルアウィーナ大阪
呼びかけ人　涸沢純平　島田勢津子　当銘広子　中尾務

「三輪正道さんを語る会」が開催された。出席者は三十三名。高齢の山田稔の顔も見えた。「黄色い潜水艦」や「VIKING」の同人が多いようだった。川崎彰彦未亡人・当銘広子、三輪正道未亡人・富喜子も出席された。私は涸沢純平以外は総て初対面だった。持参した拙著エッセイ集『ゆかりの文学者との別れ』（竹林館）を五人に手渡した。

三輪正道から届いた数少ない便りをここに紹介しておこう。

二〇一七年四月二十七日　ハガキ

過日は、ご高著「精神の陽性」お贈りいただきありがとうございました。「外村繁の生涯」演出の深尾道典氏には、二、三度お会いしました。八日市高校、早稲田大と川崎さんの後輩になるとか。

「川崎彰彦傑作撰」ですが、三百部刷った由ですが、すぐに完売になったそうです。

不一

二〇一七年六月十七日　ハガキ

過日は「詩霊」6号「銀河詩手帖」282号、恵与いただき、ありがとうございました。

「高見順再読」拝読しました。三国の生家巡りは、ぼくも何度かあるいて、福井でも気に入っている場所です。

定年退職後、「高見順日記」を読みかけていて（いったん積ん読ですが）この夏また読みはじめようかと。不一

二〇一七年九月十六日　手紙
過日は「コールサック」91号恵与いただきありがとうございました。
玉稿「安治川渡船場」拝読し、川崎さんの詩「河口の渡し」（『短冊型の世界』所収）をひさしぶりに取りだし〈そのあと飲み屋でつついたどてやきや鯛あらにも感激／あの日いらいの大阪びいき〉の詩句に、やはり川崎さんらしいなァ、と。
「孫からの便り」拝読〈孫娘との年の差は六十歳〉とありましたが、こちら孫娘との年の差、五十八。三歳の幼子が成人するまで十七年、その姿を目にすること可能や？養生せねばと。まずはお礼まで。

一人息子が大学を卒業し、就職して結婚して、三歳になる孫娘、まずはめでたいと言うべきだろう。だがそこへ突然襲った悲劇。

三輪正道は詩集にも親しみ、絵画や音楽も愛した。豊かな人生だったと言える。

定年後の歩み

一九九四（平成六）年三月に私は綾羽株式会社を定年退職した。繊維産業が中心の会社なので、あまり業績は良くなかった。

定年になる少し前に「綾羽絵画クラブ」が設立された。講師は草津市在住の洋画家・新庄拳吾先生。私は早速入部した。

その後、地元高槻市にある高槻市絵画同好会に加入した。毎週火曜日の夜にヌードモデルのクロッキーをする会である。私は高校時代に三年間美術部に所属していたので、絵を描くことには少しは自信があった。

他に私は日本詩人クラブ会員であった。

詩誌「人間」（中村光行主宰）の同人としても活躍していた。

一九九四年十月三十日には関西詩人協会が設立され会員となった。

高槻市では生涯学習の講座があった。私は早速「夏目漱石」を受講した。

その後、生誕百年記念講座「宮沢賢治を探る」を受講した。一九九六年九月二日から始まって講師は西田良子先生であった。講座終了後はゼミにも参加し、一九九七年十月二十日から賢治童話読書会がスタートした。女性ばかりで男性は私一人であった。

高槻市文化事業団では末次摂子さんの企画で文化講演会が開催され参加した。一流の講師が招かれて充実した内容であった。私は空虚な気持を満たして行った。

一九九〇（平成二）年十一月に妻・由喜子は脳腫瘍のため五十歳の若さで他界していた。こうして妻も仕事も失った私であったが、文学や絵画に情熱を注ぐ生活を見出していた。

綾羽株式会社のＯＢ会「綾友会」にも入会した。毎年新年会と十月には一泊の親睦旅行が開催されていた。

綾羽絵画クラブや高槻市絵画同好会でも毎年一泊のスケッチ旅行が実施されていた。

日本詩人クラブでは二年ごとに地方大会が開催されていた。一九九五年七月七日、八日には穂別市で北海道大会が開催され参加した。関西地区からは五名の参加があった。私には初めての北海道で気分が解放された。一九九五年には高槻市の洋画家・小阪謙造氏による西洋美術研究会企画のフランス、ベルギーへのスケッチの旅、十二日間にも参加した。参加者は十六名で夫婦が四組と残りは男性六名、女性二名だった。私には初めてのヨーロッパで見るものが総て新鮮であった。料理は分量が多かったが、美味しく食べることができた。旅行会社から若い女性の添乗員が付いてくれたので不自由はなかった。

一九九六年二月には高槻市と姉妹都市のフィリッピンのマニラ市へ都市交流の旅に参加した。マニラの公園には高山右近の大きな銅像があった。フィリッピンは英語を話し、クリスチャンが多かった。この旅で英会話の必要性を痛感した。

この年の八月に世界詩人会議日本大会が群馬県前橋市で盛大に開催された。世界各国から多くの詩人が参加し、日本の詩人も多く参加した。小山和郎、松井郁子さんにお会いした。

高槻市にシニアの英会話講座が始まった時、待ってましたとばかりに参加した。その時のクラス名薄が手許にある。二〇〇一年一月二十六日と記されている。オーストラリアの女性講師とアメリカ人の男性講師に教えを受けた。日本語が使えないので、充分に理解できたとは言えない。四年間で終了となり、現在も日本人の女性講師による英会話教室に在籍している。

西洋美術研究会の旅行は、その後ドイツ、イタリア、イギリス、フランス（ロワール）、スペインなどと続いた。

イギリスだけが、やはり料理は美味しくなかった。日本と似た島国で伝統のある国なので私は親近感を持っている。

スペインのフラメンコの踊りは素晴しい。哀愁をおびた音楽に合わせて力強い踊りが展開される。

金沢市在住の千葉龍氏の誘いがあって、一九九九（平成十一）年七月二十日発行の「金澤文學」第一五号から参加した。ここに終刊まで在籍した。

二〇〇四（平成十六）年六月、オランダ、ベルギーへの旅（ロマンの会）。ヒートホールン、ゴッホ美術館などを歩いた。

九月二十八日、佐賀県伊万里。九月二十九日、千里ヶ浜。

十月、韓国へスケッチ旅行。雪嶽山、ソウル。妻が戦時中に住んでいた場所を訪ねた。

十一月八日、浜大津（いとこ会）。琵琶湖でミシガンに乗船。五名参加。

二〇〇五年五月、中国へスケッチ旅行。南京、蘇州。初めての中国。

五月、南フランス、イタリア（ロマンの会）。

六月十一日、宮崎市（日本詩人クラブ）。

九月、高槻市内のギャラリーNOBで第一回水彩画展を開催。懇親会も開く。

十月十二日から三日間、花巻へ。たかつき賢治の会。参加者十名。十月十三日、つなぎ温泉宿泊。

二〇〇六年七月二十日から大阪医科大学病院血液内科に入院。病名悪性リンパ腫。三カ月入院、抗ガン剤治療、放射線治療を受け完治した。食欲があったことが幸運だった。

日本詩人クラブの地方大会では、大垣、仙台、宮崎、長野、広島、岡山などへ行った。

新庄拳吾教室のスケッチ旅行では、四国への祖谷と猪熊弦一郎美術館への旅が印象深く記憶に残っている。

二〇〇七年十月十六日、稲取温泉（綾友会）。

二〇〇八年五月、バルト三国（ロマンの会）。

二〇〇八年十二月三十一日、アムステルダム経由、イギリスへ。二〇〇九年一月一日。マンチェスターラマダホテルに宿泊。長男・圭司と二女・恵理子、周宅へ。マンチェスターはレンガ色の街。産業革命の街。

二〇〇九年五月、クロアチア、スロベニア（ロマンの会）。

二〇一〇年五月、イギリス、プリマス（ロマンの会）。五月二十六日、ロンドンで二女・恵理子と会う。

二〇一一年五月、ポルトガル、スペイン（ロマンの会）。

二〇一二年五月、中国へスケッチ旅行。南京、上海、桂林。桂林の船下りは雄大だった。

二〇一三年五月、秋田（日本詩人クラブ）。五月、北海道（小樽、札幌、函館）（ロマンの会）。

詩誌「鴉」と「人間」の中村光行

「鴉」は一九六六(昭和四十一)年二月五日に創刊された。創刊同人は大野新、岡崎純、筧槇二、宗昇、中村光行、中村隆、広部英一、南信雄、山本十四尾(利男)の九名。

中村光行の推す筧槇二、中村隆。
広部英一の推す岡崎純、南信雄。
大野新の推す宗昇、山本十四尾。

創刊の主旨は「地方で頑固に自分の詩を書き続けている人を、中村、広部、大野の三人が推しての創刊」。

石原武が「鴉」に参加したのは一九六九年、創刊から三年のあと、石原武が三十八歳の時である。石原武と前後して、川上明日夫が「鴉」の仲間になっている。

石原武は二〇一八(平成三十)年三月二十日に逝去した。「石原武を送る会」が七月二十一日にホテルグランドパレスで開催された。世話人は秋山公哉、北岡淳子、鈴木豊志夫、鈴切幸子、中村不二夫。百名ほどの出席者があった。私は六年ぶりに上京した。山本十四尾、川上明日夫の姿もあった。「鴉」の同人で健在なのは山本、川上以外は宗昇、金子秀夫の二名となっている。

「鴉」の同人はそれぞれ活躍しており中村隆、広部英一、大野新、筧槇二、石原武は全詩集を残している。

「鴉」にはその後、赤石信久、西京芳宏、山田博などが加わっている。私は「人間」に所属していたので「鴉」の会には二度ほど参加している。

長津功三良さんから『冬木康遺稿詩文集成』（セコイア社、二〇〇〇年十月一日）を頂いた。冬木康詩集『竹の中』出版記念会が一九五三（昭和二十八）年一月二十五日に開催された。そこに中村光行も出席している。

中村光行は「爐」一五四号（一九五二年五月）に参加している。それまでは大阪の「夜の詩会」にいた。

「爐」一六九号（一九五四年二、三月版）は安村重己、中村光行、塩井勉、港野喜代子、橋田一夫、高見伯、長津功三良、上原健市らの作品と、中村のエッセイ「中原中也ノート」（Ⅱ）で構成されている。

長津功三良は高校卒業後、大手銀行に就職し大阪勤務となっていた。ここで中村光行との出会いがあった。

手許には『吉川仁詩集』（新・日本現代詩文庫69、土曜美術社出版販売、二〇〇九年九月二十五日）がある。

巻末の略年譜には次のように記されている。

一九五四年（昭和二十九年）三十三歳
八月、中村光行と詩誌「天幕」を創刊。
一九六〇年（昭和三十五年）三十九歳
このころ「天幕」の流れを汲む、中村光行主宰の詩誌「人間」に同人参加。

『長津功三良詩集』（新・日本現代詩文庫35、土曜美術社出版販売、二〇〇五年八月六日）の巻末年譜に中村光行との接点は記されていない。

長津は四十九歳で妻を亡くしている。私も五十歳で妻を亡くした。一九三四（昭和九）年生まれの同学年なので親しくさせてもらっている。

詩人で仏教ジャーナリストの中村光行は二〇一一（平成二十三）年十一月四日、静かに逝った。

彼の詩集は次のとおりである。

詩集『自殺行』天幕書房　一九六二年十一月
詩集『弔祭』文童社　一九六七年二月
随筆『前鬼後鬼』天幕書房　一九六八年七月
随筆『河内の鬼』天幕書房　一九六九年七月
随筆『河内太鼓』天幕書房　一九七〇年九月
詩集『削ル鬼』天幕書房　一九七一年十月
詩集『僧たちの記録』文童社　一九七七年
詩集『トテモトテモ』天幕書房　一九九七年
詩集『ソレハソレハ』天幕書房　一九九八年

中村光行さんは「鬼の会」を主宰していて、会報を毎月発行していた。証券業界にも身を置いていて、この方面の著作も少なくない。

『鬼のこと』岡本書店　一九八〇年一月
『対談・鬼瓦その他』小林章男共著、大蔵経済出版　一九八〇年十月
『続・鬼のこと』大蔵経済出版　一九八一年三月

『株で儲けるための9章　株の売買でトクをする秘訣』日本文芸社　一九八二年四月
『実録・仕手戦の内幕』インデックス・コミュニケーションズ　一九八七年二月
『中村光行の株で儲ける〈極意〉百箇条』インデックス・コミュニケーションズ　一九八八年十一月
『株で儲ける金言・格言』インデックス・コミュニケーションズ　一九八九年八月
『鬼の系譜―わが愛しの鬼たち』五月書房　一九八九年十二月
『奈良の仏像たち』京阪奈情報教育出版　二〇〇九年七月
『奈良の鬼たち』京阪奈情報教育出版　二〇一〇年十月

「人間」一五五号は二〇一〇（平成二十二）年十二月一日に発行されていて、それが終刊号となった。

詩人・中村光行が逝去して七年の歳月が流れた。仲間たちも去って行って、次第に忘れ去られようとしていることは残念である。

私の詩集『花莫蓙』（天幕書房）、『異郷』（近江詩人会）、『星に出会う』（待望社）は中村光行に解説を書いてもらっている。若い日に彼に出会って、熱い薫陶の日々を忘れることはない。そして彼を通して知り合った多くの詩友たちも、私の大きな財産である。

私もいつまで元気でペンを持つことができるのか、時代遅れのアナログ人間である。だが私は文学に出会って、私の人生が豊かな稔り多いものとなったことは確信している。残り少ない人生を、着実に歩み続けよう。

〈参考文献〉

外村文象著『癒やしの文学』（待望社）。
外村文象著『精神の陽性』（金澤文學会）。
外村文象著『ゆかりの文学者との別れ―八十歳の日記』（竹林館）。

詩が盛んだった頃

関西詩人協会の二十五年の会員の期間は、私にとって第二の青春だった。二期六年の運営委員を二回務めている。ほぼ半数の年を役員として過ごしたことになる。

私の手許には中村不二夫著『戦後サークル詩論』がある。終戦後にサークル詩が活発な時代があった。

私は高校三年（一九五三年）頃から文学に興味を持ち始めた。そして主として「若い広場」に投稿を始めた。小説、エッセイ、詩などを。他にも「葦」や「人生手帖」などにも。意外にも活字になる機会は早かった。東近江市の片田舎に住む青年にとっては大きな喜びであった。孤独な青年は全国的に競い合う場所を見つけたのである。

高校を卒業すると、私は当時新設された国立の短大へ進んだ。私は勤学学生となった。その後、私は詩の専門誌「文章倶楽部」「詩学」への投稿を続けた。自分の位置がわかるようになっていた。活字になるのはむつかしかった。

私はその他にも「小説新潮」の詩欄へも投稿した。当時一流の詩人・三好達治や安西冬衛が選者であった。毎月三篇が入選し天、地、人、として掲載された。他に数篇佳作が選ばれていた。

三好達治の選者の時に私の作品「愛のことば」は天に選ばれた。私は天にも昇る心地だった。

短大では文芸部に所属して「ともしび」という機関誌を発行した。三回生の頃には部員も十数名となり活発な動きが見られた。

一九五六（昭和三十一）年三月に短大を卒業した私は、大阪に本社のある紡績会社に就職した。母子家庭に育っていたので待たれる社会人であった。姉は銀行員として勤務していた。

一九五八年四月一日に文芸誌「アシアト」を創刊した。短大で一年後輩の文芸部員・中原豊と二人での出発であった。

その後、投稿時代の仲間が加わって同人数は次第に増えて行った。

一九六一年に私は近江詩人会に入会した。その頃、日曜日には五個荘の自宅へ帰宅していた。そして月一回彦根で開催される近江詩人会の詩話会に出席した。

井上多喜三郎、杉本長夫、武田豊が指導的な役割を果たし、他には谷川文子、宇田良子、大野新、藤野一雄、中川逸司、竹内正企、石内秀典といったメンバーだった。井上、武田は堀口大學に師事しており、本格的な詩人であった。杉本長夫は滋賀大学の英語の教授であった。

一九六三年十二月に大阪在住の八神由喜子と結婚した。私は二十九歳で妻は二十三歳。大阪府茨木市の文化住宅で新婚生活をスタートさせた。

「アシアト」は二〇号、一九六四年十月一日発行をもって終刊とした。角田清文が作品を寄せてくれている。

私の第一詩集『鳥のいない森』（私家版）は一九六三（昭和三十八）年一月一日に発行された。東京の杉克彦による謄写印刷である。巻末に彼は「外村さんのこと」という一文を寄せてくれている。後日、彼には東京で一度だけ会っている。彼はその後早逝した。

この詩集については近江詩人会が彦根の寿司屋で出版記念会をしてくれた。

一九六七年十二月には中央公論社から『日本の詩歌』全集が刊行された。後日、京都会館でPRを兼ねて文芸講演会が開催され、高名な詩人が登壇された。会場は満席の盛況であった。あれから少しして詩は下火になって行ったように記憶している。私の中ではあの時期が頂点だった気がしている。

一九六五年から私は中村光行が主宰する「人間」に同人として加入した。主なメンバーは西京芳宏、平井英則、山田博、石内秀典、川越綴子、弥田仁などであった。私は三三号から参加した。秀刊で発行ごとに合評会が開催された。酒を飲みながらの合評なので、辛辣な言葉が飛び交う。今までの詩への取り組みの甘さを反省させられた。

一九六四年十月に第二詩集『愛のことば』（私家版）を上梓した。「詩学」の詩集評で片岡文雄が取り上げてくれた。

滋賀県の湖東地方にある安土町の老蘇小学校の校庭に井上多喜三郎の詩碑「私は話したい」が建立された時には、関東在住の詩人で恩師の堀口大學、詩友の田中冬二、岩佐東一郎にお会いした。また、別の機会には京都の南禅寺近くの会場で西脇順三郎、安藤一郎、小高根二郎、依田義賢、天野忠、山前實治などの詩人との出会いがあった。それぞれ風格のある詩人たちであった。

一九六九年に「人間」誌の発行所・天幕書房から第三詩集『花莫蓙』を上梓した。五篇だけの小さな詩集だったが、中村光行の力添えもあって大きな反響があった。

第四詩集『異郷』は、一九七七年十月、四十四歳の時の詩集。この詩集で第二八回滋賀県文学祭出版賞を受賞した。大津在住の中島千恵子の尽力があった。秋に大津市の「さざなみ荘」で出版記念会をして頂いた。近江詩人会と「人間」の共催で。会場は田井中弘が手配してくれた。司会は西京芳宏、会場の字幕も彼の手書き。彼は書家でもあった。妻も出席してくれた。青木はるみも顔を見せたが、彼女はまだ無名だった。

一九七九年、詩集『異郷』により北一平の誘いがあって日本詩人クラブの会員となった。

一九九〇（平成二）年十一月に、四カ月の短い闘病生活の後に妻をガンで失った。享年五十歳。妻の家族にはこれまでガン患者がいなかったので、健康診断も疎かにしていたことが悔やまれた。

幼い日に父と死別して母子家庭に育ったこと、そして大学は困難な夜学で学んだことが私の強靱な精神力を養ってくれたと自負している。挫折をバネにして生きるというのが私の信念となっている。

関西詩人協会の二十五年の会員の時代は、私にとって第二の青春だった。

報われることの少ない孤独な作業、詩作は私の暗夜行路。闇夜の先に光はあるのか。

日本詩人クラブに寄り添って

令和という新しい時代を迎えた。

平和で文化の華の咲く時代であってほしい。この節目の時に当たって詩人としてのこれまでの歩みを振り返ってみよう。

第四詩集『異郷』(近江詩人会、一九七八年七月二十日)を刊行して翌年、北一平氏の推挙により日本詩人クラブ会員となった。私は四十五歳だった。

一九九五(平成七)年七月七日、八日に日本詩人クラブ北海道大会が穂別市で開催されて参加した。私は前年に定年退職していたのでゆったりとした気分で参加できた。関西方面からは、志賀英夫、森ちふく、清水恵子さん等の参加があった。北海道の詩人とたくさんお会いすることができて新鮮な気分を味わった。前夜祭があり、一泊して翌日はビール工場などを見学した。西岡光秋さんにお会いしたことが印象深い。千葉龍氏の姿もあった。

日本詩人クラブでは一年おきに地方大会を行っている。この北海道が第一回であったらしい。斎藤征義さんが中心となってお世話頂いたようだ。斎藤さんにはその後、関西で二度ほどお会いする機会があった。

一九九五年の第二八回日本詩人クラブ賞は菊地貞三『いつものように』、原子修『未来からの銃声』が受賞。第五回新人賞は清水恵子『あびてあびて』が受賞された。私は東京での授賞式に参列している。

翌年八月には前橋市の世界詩人会議にも参加している。秋谷豊、石原武氏が活躍されていた。谷川俊太郎氏の姿もお見かけした。

地方大会の間には関西大会が大阪で開催されていた。志賀英夫さんがお世話されていた。彼は詩誌「柵」を主宰されていて、同人には日本詩人クラブの会員が多かった。従って常に百三十名ほどの参加があり盛会であった。

地方大会の第二回は大垣で開催された。当時の会長は天彦五男氏であった。

「山脈」第二次・第二一号に「追悼　石原武さん」という特集が組まれている。その中の中村不二夫「石原武と詩人たちの群像」を読むと当時の日本詩人クラブの状況が良く理解できる。

西岡光秋、石原武、筧槇二の会長時代は特に親しみを持って接することができた。

大会はその後、仙台、宮崎、長野などで開催されている。私は丸亀、館山、福島へは参加していない。二〇〇九・岡山。二〇一三・秋田。二〇一五・山梨。二〇一七・鹿児島。

二〇一九・愛知と続いている。

地方の詩人には人間味が感じられる。知らない詩人が多くいる。こちらも長い間、詩を書いているが知られていないことを反省しなければならない。外村と書いて〈とのむら〉と読んでくれない人が意外に多い。まずそこから始めなければならない。滋賀県の出身で近江商人の末裔。作家・外村繁、辻亮一に憧れて文学の道へ。

所属詩誌は群馬の「東国」、黒羽英二主宰の「詩霊」、他には「コールサック」に寄稿。『詩と思想詩人集』には毎年作品を発表している。

地方大会では「金澤文學」の千葉龍、「岩礁」の大井康暢さんにお会いしていたが、お二人共に故人となられた。高齢となって参加されない方々も多くなって来ている。

二〇一九（令和元）年五月十一日、日本詩人クラブ愛知大会が名古屋のホテル・ルブラ王山で開催され参加した。参加者名簿が用意されていなかったが、百三十名ほどの出席があった。関西から私の他には理事の江口節、薬師川虹一、大倉元と女性三名のみであった。名古屋は東京とのつながりが深いのかも知れない。独立心が強いのだろうか、関西との交流は少ない。鈴木孝さんが「宇宙詩人」で活躍されていた頃には、何度か名古屋を訪れている。韓国の詩人たちを迎えて交流したこともある。

この日は理事の原詩夏至、鈴切幸子、佐相憲一、倉田武彦、塩野とみ子さんなどにお会いした。

「山脈」の木場とし子、鈴木昌子、山中以都子、高島りみこさんたちにもお会いした。「橋」の野澤俊雄さんは九十歳になってお元気な姿を見せておられた。

東京から参加の中村不二夫さん、横浜から参加の金子秀夫ご夫妻とは、ずいぶん久しぶりの出会いだった。お元気そうにお見受けした。北岡淳子さんとは懇親会でお話をした。佐藤勝太さんの逝去を告げると、まだご存知なかったようで驚いておられた。

次回の地方大会は奈良に決まって、大倉元さんが呼び掛けをされた。

翌日は大型バス一台に三十名ほどが乗車して観光が行われた。行先は徳川美術館、徳川園、文化のみち二葉館などである。

さすが、徳川と言うだけに広大な土地に立派な建物である。絵巻物や刀剣が多く展示されていた。

庭園も広い土地で、大きな池があり、樹木が繁って素晴しい眺めだった。

二葉館の小谷剛、城山三郎などの作家の展示には興味があった。小谷は地方作家として活躍された。医師でもあった。城山三郎は全国区となったが、愛知県出身とは知らなかった。

来年、日本詩人クラブは創立七十周年を迎える。秋には東京で記念会が開催されるようだ。なんとか元気に参加したいと願っている。

私は詩作の他に水彩画を描いている。これまでに地元高槻市で六回の個展を開催している。これまでにお越し頂いた文学者の方々を順不同で記させて頂こう。

有馬敲、原圭治、左子真由美、永井ますみ、三木英治、清水恵子、上田由美子、並河文子、毛利真佐樹、大井康暢、苗村和正、千葉龍夫人、宮内憲夫、三島祐一、神田さよ、涸沢純平、石原滝子、深尾道典、森井弘子、橋本嘉子、弥田仁、岸本嘉名男、森清、榊次郎などのみなさんの顔が思い浮かぶ。数名の方々は遠路をお越し頂いており感謝の想いが深い。

近江詩人会も来年は七十周年を迎えるという。若い日に共に活動して来た竹内正企さんが会長として頑張っておられる。継続は力なりという実感を深くする。

『関西詩人協会自選詩集　第8集』

多彩な個性が輝やきを見せる

『関西詩人協会自選詩集　第8集』には百二十八篇の作品が寄せられている。三年に一度発刊されている。これまでは詩画工房、竹林館など大阪の出版社で制作されていたが、今回は東京のコールサック社からの刊行となった。関西から全国への登場と言える。

青木はるみ「低気圧」。現在闘病中の作者は円熟された技法で読者を魅了する。「死者とは静かな存在である」と書く作者は死を身近に感じているのかも知れない。

ひとあしごとに私の乳房は疼くが
逝った夫の俊足には呆れるばかり
ここでも私は置いてきぼり

作者の孤独感が伝わってくる。

有馬敲「白崎にて」。会の代表である作者は最近体調がすぐれないようだ。老いた心境が飾らぬ言葉で書かれている。新婚旅行の六十年前には早足でせっかちなぼくの後ろを二十一歳の妻がゆっくり歩いてきた。現在は早足で進む妻の後ろに追いつく状態、老いは足から来るようだ。老夫婦の旅の情景がほほえましい。

宇田良子「鶯宿梅」。作者は私の近江詩人会時代の先輩詩人。健在を喜びたい。老いの日常を描いているが、凛々しい気持が伝わって来て見事だ。

瀬野とし「コンペイトウ」。胃腸薬陀羅尼助丸を買ったとき、おまけにもらったコンペイトウはバッグに忘れていた。

人の一生の　苦さと甘さは
釣り合うだろうか
あまりに苛酷な人生があって……

コンペイトウを作る映像を見て詩を作るようだったと作者は言う。

最終連は余韻を残す。

陀羅尼助丸はまだ服んでいないけど
うつくしいコンペイトウをひと粒
口にふくんで　角を味わい
長旅の　電車に揺られている

竹内正企「老春のなぎさ」。米寿を迎えた作者の心情が吐露されている。敬愛する詩人の堀口大學先生も登場されている。

老いて官能美も萎えてしまえば痴呆が近づく

と作者は警鐘を鳴らす。油絵で美女を描く作者は牛飼いで鍛えた体力で元気な毎日を送っている。黄泉のなぎさも当分やって来そうもない。

苗村和正「胎内めぐり」。瑞々しい感性の持ち主である。私とほぼ同じ世代だがこの才気には敬服する。天野忠は晩年になって作品に輝やきを増したが、この作者にも同じことが言えるのではないだろうか。私が注目する詩人の一人である。

西田彩子「星祭」。幼稚園児が七夕竹に飾りつけたカラフルな短冊の沢山の願いごと。いま作者の子供たちは次々と巣立ち、過酷な世界に遭遇している次世代たちの、受験や就活のバックアップに忙しい。

　時の流れと共に人々は成長して行く。「星祭」は幼い子供たちにとっては楽しい行事であろう。だがそれは次第に忘れ去られて行く。読後にさわやかな気持になれる作品だ。

　作者は看病の末に夫を亡くされている。ずいぶん長い間、夫の追慕の作品を書いて来ている。そのことについて第三者である私が、とやかく言っても始まらない。しかし、今回の作品が新しいテーマに移ったことを私は喜びたい。

　根来眞知子「なまこ」。身近な日常の中にいる「なまこ」をテーマとしている。「なまこ」と人間との対比。

　　シンプル　イズ　ベスト

テンポよく言葉が紡がれてユーモラスな作品となっている。

橋爪さち子「追う」。

　散り敷いた花びらを風が追いたて
　道端にかろやかな渦を舞わせる
　ほとけさまの遊び　というものがあるなら

こんなふうな一瞬なんだろう

花ふぶきを浴びながら歩く
どこにいても視界に入る花の爆裂を
あの日のオンナはどんな表情で見るのだろう

あの日　幾年も前の春
混みあう電車で隣りあったオンナは
息子のような若い男に向って
人目もはばからず懸命なようすで
男を幼い日に棄てた母親に
会いにいくよう執拗に勧め
一緒について行ってやるとまで言い

男の出会いに立ち会うことで
オンナが埋めようとする過去が
どのようなものか判らないが

彼女のなかに溢れる哀しみが　まるで
私のとおったそれのように繰り返し押し寄せる

たった一度きり出会ったオンナの
男に向けて見開かれた目のうしろを
拡がっていた果てないさびしさ

（後略）

のっぴきならぬ心情が伝わってくる。私たちは詩作品の中に哀しみやさびしさを多く見つける。

原圭治「逆らえない法則」。高齢者となった作者は日々達観する境地を迎えているとも言える。作品の後半をここに記しておこう。

生まれて間もない頃の　ボクの写真はとっても可愛いし
沢山の人の前で　自信たっぷりにスピーチする今の私も
なかなかのものだと思えるけれど
個人の印象なんて　瞬間の時間のことだから

あかの他人にはどうってこともない

だが私は　私の人生を確実に生きたし
私の時間を　充分に満足して過ごしたので
繋がる　数々の記憶の中には
大切にしたい沢山のエピソードが一杯あって
しっかりと今　生きる糧となっているから
貴方も　私を　決して忘れないで欲しい

結局　過ぎた時間全てが私の存在だったのだ
人生で　他者に出会うことの出来た人々との関係が
貴方に残した私の記憶に違いない
互いに　思いが一杯あったことを大切に
記憶のなかの　死者としてでなく　覚えていて欲しいと思う
たとえ　時間を巻き戻すことが出来なくても
この世での　逆らえない法則であったとしても

山本なおこ「生きる」。作者は日本児童文学者協会に所属している。童話集『あざみの歌』も上梓されている。

短い詩だが、一読して心が洗われるようである。最近は幼児虐待事件など多発している。自分の子供を虐待するなど考えられぬことだが、平然と行われている現実がある。私はやはり人間の性善説を信じたいと思う。作者はこれからも心温まる作品を書いて頂きたい。

吉田章子「花野」。特攻隊、ホタル、さくらが登場する。戦争を知る人たちも年々少なくなって来ている。作者の年齢はどれくらいなのか私は知らない。

「ホタル」という特攻隊員を描いた映画もあった。鹿児島県の知覧には特攻平和会館があって、多くの若者の死が展示されている。

この作品を読んで、特攻隊員のことがぼんやりと浮かび上がってくるが、さて作者は何が言いたいのかということが、いまひとつはっきりしない。反戦の立場なのか、美化しようとしているのか。情緒に流されているように思える。

吉田定一「誰のもの?」。作者は長年東京で編集の仕事をされていたようだ。視野の広さが見られる作品と言える。

ここまで注目される作品について見てきた。若い人の作品には目が届いていないかも知れない。

関西詩人協会は、関西で発行されている詩誌に所属している人にも参加資格を与えている。したがって遠隔地の方々も少なくはない。

三百名ほどの会員も、現在は少し減りつつある状況だ。高齢者の会員が多い。この会も二十年を越えているが、若い会員の加入が少ないことが悩みである。

詩の読者離れはどうすればよいのだろう。マスコミ、新聞やテレビ、ラジオなどで詩作品を取り上げる機会はほとんどないと言っても良い。なぜこんなことになってしまったのか。詩人が読者のことを考えずに、自分の世界に陶酔してしまって、一般の人には理解してもらえない難解な詩を書き続けたことによると言える。

文学の基本はやはり自分の思いを他人に伝えることであろう。読者を意識しない文学が受け入れられないのは自明の理である。

現在、自費出版は花ざかりである。関西詩人協会員も詩集やエッセイ集を多く出している。しかし残念なことは詩人仲間内での交換が主流だと言える。詩の読者の開拓の努力を求められている。

一般の人たちも秀れた文学作品にふれる機会を求めている。その期待に答えられる作品の創造をめざさねばならない。

現在詩人として知られ、詩で生活できる人は数名しかいないだろう。これは異常な事態と言わねばならない。

関西詩人協会では、詩の朗読会やイベントや詩画展も行っている。だが本来の仕事は詩作であろう。その意味で『関西詩人協会自選詩集』の存在は貴重である。

関西詩人協会の設立に尽力された志賀英夫さんは昨年十二月三十日に九十二歳で逝去された。葬儀は今年一月四日に箕面市の聖苑会館で行われた。正月のせいか詩人の参列は少なかった。

志賀さんは詩画工房を経営され、詩誌「柵」を主宰されて、大きな足跡を残されている。関西にとっては惜しい詩人を失ったと言える。

私は『関西詩人協会自選詩集　第8集』の編集を担当して「あとがき」を書いている。この三年間には多くの会員が他界されている。私は次のように書いている。


第7集には参加されていて逝去された方々の御芳名を記しておこう。

井上哲士、桂あさみ、河井洋、下村和子、進一男、三島佑一、水口洋治の諸氏。ありし日を偲びながら、ご冥福をお祈りしたい。


河井洋、下村和子、進一男さんには多くの著作があった。それらは、これからも引き続き読み継がれてほしいと願う。

第8集の表紙絵は奈良市在住の森ちふくさんに描いて頂いた。花の絵で表紙を飾ってもらった。彼女は同人誌「樹音」を主宰されている。絵の方も研鑽を積んでおられ、毎年天王寺の大阪市立美術館で開催の「人展」に油絵を出品されている。高齢なのに、その活躍ぶりには敬服の外はない。

帯文には「関西から全国へ、多彩な詩世界を発信。二十二年の歴史を持つ関西詩人協会、三年に一度のアンソロジー、最新刊。心の交流が、文学を刺激する。」とある。

一人でも多くの人たちに読んで頂きたいと願っている。

佐藤勝太詩集『佇まい』

八十五年の人生の結晶がここに

詩集『佇まい』は十五冊目の詩集である。二〇一四（平成二十六）年以降は毎年上梓している。二〇一七年は『生命の絆』に続いて二冊目である。

佐藤勝太さんは一九三二（昭和七）年生まれで私より二歳年上。佛教大学社会学部社会学科卒業後は尼崎市役所に勤務された。

関西詩人協会や日本詩人クラブで親しくさせて頂いているが、いつ頃出会ったかははっきりした記憶がない。

佐藤さんは若い日から喜志邦三の「灌木」で詩の勉強をされた。その後、志賀英夫の「柵」に所属、この頃の彼の記憶はある。その後、西岡光秋の「日本未来派」に籍を置いたこともある。

詩集『佇まい』は、

Ⅰ　自画像
Ⅱ　肖像
Ⅲ　戦中から現代へ
Ⅳ　ふるさと・青春
Ⅴ　山・島
Ⅵ　千里川
の各章に分かれている。
編集と解説を佐相憲一さんが担当している。
詩集『佇まい』の表紙は千里川の写真で飾られている。表紙の裏側には「表紙の写真・千里川は、箕面の山から流れ来た水で、私宅の側を通って、海洋の大阪湾に出て、更に世界を旅する、羨ましい水です。」と佐藤勝太さんは記している。
巻末の著者プロフィールによると、第一詩集『徽章』は三十一歳の時に上梓されている。私の第一詩集は二十九歳である。詩集、エッセイ集合わせて十四冊で、佐藤さんとほぼ近い数字と言える。最近詩集『荒磯』を二〇一七年十二月一日に明文書房から上梓した。
佐藤さんとは二歳違いで同世代と言える。だが、太平洋戦争があって戦時中には上下関係がきびしかった。佐藤さんは軍事教練を体験しておられる。
終戦後、教育改革が実施され、六・三・三制が実施。私の年から新制中学生となり義務教育となった。私は新しい時代を常に意識していた。特攻隊から戻って来た人たちが再び勉学の道に入った時代であった。

佐藤勝太さんの詩は平明で親しみやすい。今回の詩集も十五行くらいの作品が多くなっている。老いと共に淡泊になって行くようにも思える。

佐藤さんとは日本詩人クラブの地方大会や東京での記念会などでよくご一緒した。佐藤さんは奥様と同伴されていることが多かった。妻と早くに死別した私には羨ましい限りであった。夫婦で行動を共にすることは素晴しいことである。最近は遠出は出来なくなったようだが、平穏で幸せな老境を迎えておられると言って良いだろう。

ここでちょっと余談になるが、日本詩人クラブの北岡淳子さんは「佐藤さんと外村さんをよく間違えるのよ」と何度か言われたことがある。顔が四角くて色が浅黒い点は似ている。背は私が少し高いが、頭髪は佐藤さんの方が豊かである。

北岡さんの言葉を受けて、佐藤さんは「俺の方が良い男だ」と言われた。私はルックスには自信がないので、この場は先輩に華を持たせておこうと思った。

作品「テレビの中の顔」にはよく似たフレーズが登場している。

脱線ついでに、さらに加えれば私は男は顔形ではなく、仕事の実績で値打ちが決まると思っている。

文学は作品本意で評価が定まる。太宰治、外村繁、三島由紀夫は美男であった。永井荷風、梶井基次郎、宮沢賢治は生涯独身であった。しかし、両者共に立派な仕事をした。私は民間の紡績会社に勤務していた。公務員の佐藤さんとは気苦労の点で格段の差があったと思う。そのことを私の薄毛への弁解にしたい。若い日には私の頭髪も豊かだった。尼崎には姉の家族が住んでいる。姉の長男が現在も尼崎市役所に勤務していて、義兄も文化に関わる仕事をしていて兵庫県ともしび賞を受賞している。

関西詩人協会では運営委員として佐藤さんの後を引き継いで詩画展を六年間担当したが、二〇一七年十一月の総会で引退した。佐藤さんと重なる点は多い。だが性格的には少し違うように思う。

私の詩集『荒磯』について佐藤さんから感想を頂いたので次に紹介したい。

詩集「荒磯」を頂き、拝読しました。

荒磯の中の詩人達の生き様を描いて、人生想う礎としたり、全国各地の詩人の集いに参加して多くを学んだり、亡き妻の面影を慕んだり……と人生の悲喜交々を想起する詩人の視野が描かれており兄の活動力には感服します。

お互い詩作することで社会の全てを見渡す努力に見習いたいものです。

しかし、悲しみを単純に悲しむだけでなく、詩として昇華する兄の姿勢は学びたいものです。ますますのご活躍祈っています。ありがとうございました。

佐藤さんのお人柄が良く現れた、ぬくもりの感じられる便りである。

「呆けの前兆か」「独り言」など老いの現実を直視した作品にも注目される。

「遥かな目的」の中に「一八歳までを戦争の真っただ中で育った」とあるが十三歳の間違いだと思う。

詩集『佇まい』を読んで印象に残った一篇を掲げておこう。

忘れられないこと

その人は／眼が悪かったため／元特攻隊員として生き残り／いま九三歳影絵作家として／当時の〝光と影〟を画き続けている／／せめて生き残った意義を尽そうと／多くの友人・同僚が零戦（ゼロ）で／桜花を抱いて飛びたち／青春の一枚一片の作品を捧げたが／海岸に立ってその人は動くことが／出来なかった

老いのほそ道
――九十歳をめざして

（一）

二〇一九（令和元）年の九月を迎えた。暑かった夏の日もうそのように秋の気配が感じられる。地球温暖化の影響で、色々と異変が起こっているが、それでも季節の変化が感じられるのは嬉しいことである。

安岡寺町の自宅を出ると、バス停まで百メートルほどは坂道となっている。かなり急な勾配である。老いた身体では一気に登り切ることはできない。途中で二度ほど小休止することにしている。山を開発した所なので、傾斜はそのままにして造成されている。健康のためには良いのかも知れない。

九月八日（日）大阪　ドーンセンター
関西詩人協会「創立二十五周年の集い」開催
第一部　対談「現代詩の現状と展望」
　　講師　高階杞一氏　山田兼士氏
第二部　高階杞一詩集・山田兼士詩集からの朗読　朗読文化の会「あい」
　休憩
第三部　夢童子コンサート
　「こんこんさまにさしあげそうろう」作　森はな
　「子育てゆうれい」民話
　歌唱　田村かよ子
　朗読　内部恵子
　ピアノ　小上多衣子
第四部　五行詩の朗読

会場は四階の大会議室で、七十名ほどが参加した。五行詩の朗読は会員による作品で、十七名の作品が披露された。

有馬敲、原圭治、香山雅代さんなどの姿も見えたが、高齢者の参加は少なかった。創立から二十五周年が経過して今後の発展に期待したい。

九月十七日（火）お彼岸の墓参り

ＪＲ東海道本線能登川駅で新快速電車を下車。近江バス八日市駅行に乗車してぷらざ三方よし前停留所で下車する。そこから徒歩で十五分ほど、山裾の川並墓地に向かう。入口から墓地へは少し坂道となっている。年を経るごとに身体にこたえる。

墓地の掃除をして、花を供え線香を立てる。そして手を合わせる。お盆の墓参りは息子夫婦が来てくれているので、私はお彼岸にお参りしている。

帰路は草津駅で下車して、近くの綾羽企業年金基金会館に立ち寄る。九月九日から二十日の間、二階のホールで「文化祭」が開催されている。私は一〇号の水彩画を二点出品している。

高槻で展示して好評だった「摂津峡」と「大山」。私は綾羽絵画クラブに所属して、ＯＢ活動に参加している。人の繋がりを大切にしたいと願っている。

素晴しい秋日和の一日だった。

九月十八日（水）久しぶりに映画館へ

蜷川実花監督「人間失格」を観る。太宰治と三人の女を描いている。妻と愛人・太田静子、最後に心中した女・山崎富栄。太田静子を沢尻エリカ、太宰治を小栗旬が演じている。太田静子は愛人で滋賀県愛知川町の医者の娘である。太宰との間に生まれた娘は認知されて治子と命名された。現在は作家として活躍されているが、母親に育てられたので太宰のことはあまり好きになれないようだ。

太田治子は大阪や京都で文学や絵画の講演をされており、私は数回拝聴している。母親の静子は私の卒業した高校の先輩である。

山崎富栄も滋賀県八日市町の洋服店の娘で、銀行員をしていた私の姉は夜間に富栄の父親に洋裁を習っていた。そんな不思議な因縁がある。

画面には花が多く登場して明るい雰囲気となっている。事実に添ったフィクションと言うことだが、三島由紀夫との対決の場面などは初めて知ることだった。

この日はレディスデイだったので女性客が多かった。若い女性が多く見られた。

太宰治に関して私は詩集『影が消えた日』（待望社）に「グッドバイ」を書いている。これまでに反響はまったくなかった。

九月二十日（金）ラグビーW杯開幕

十一月二日までの六週間、世界各地から二十チームが参加して熱戦が始まる。アジアでは最初の大会である。

東日本大震災のあった釜石でも開催される。釜石はラグビーの聖地である。

ＮＨＫＢＳＴＶで開会式を観た。

九月二十二日（日）高槻現代劇場大ホールへ

友人の招きを受けて「舞踊公演」を観る。

午前十一時開演。

同じ敷地内の現代劇場二階展示室では高槻市絵画同好会の特別例会が開催され、コスチュームモデルを描く。こちらにも出席した。参加者十四名。

九月二十三日（月）ＮＨＫ「こころ旅」秋の旅

にっぽん縦断「こころ旅」秋の旅が富山県から沖縄に向けて、火野正平の自転車の旅が始まる。片田舎の風景や道添いの食堂での食事の様子などが新鮮に目を楽しませてくれる。俳優・火野正平の親しみやすい人柄による魅力も大きい。七十歳の火野正平は健在である。

九月二十六日（木）八十五歳の誕生日を迎える。

一九三四（昭和九）年生まれの私は八十五歳の誕生日を迎えた。同級生の中には他界した者も多く、故障者も少なくない。幸いにも元気でいられることを喜ばねばならない。

私が生まれた九月には、強い室戸台風が襲来していた。南五個荘村は近江商人の発祥地として知られている。私の父親も東京の日本橋堀留町で兄弟三人で繊維問屋を経営していたが、私の生まれた年に病死した。

これまでの人生を振り返ってみると、やはり幼い日の戦争体験が大きい。太平洋戦争は一九四一年十二月八日に開戦し、一九四五年八月十五日に終戦を迎えた。

その間、私たちは国民学校の生徒として忍従の生活を送った。

一九四四年頃からは大都市がアメリカのB29爆撃機により空襲を受け、大きな被害を受けた。縁故疎開の児童たちが転校して来た。満州、朝鮮、東京、大阪、京都などから。私は沈滞した田舎の空気が一新するように感じた。

村のお寺には、大阪の国民学校の生徒が集団学童疎開をして来ていた。そして村の中で大きな風呂のある家へ「もらい風呂」をしていた。遠くの親たちと離れて暮らす生活は淋しかったことだろう。

一九五九（昭和三十四）年九月二十六日夕、伊勢湾台風が襲来した。犠牲者五千九十八人、負傷者三万八千九百二十一人。今年六十年の節目の年に、三重県では追悼式が行われたと

ＴＶが報じていた。私は昭和三十一年から社会人として紡績会社に勤務していたが、知多半島の得意先の織布工場が被害に遭ったので、トラックに救援物資を積んで上司が見舞いに行ったことを記憶している。

これからは九十歳をめざして、平常心で歩いて行こう。

（二）

十月五日（土）大阪市立美術館へ

第三八回現代水彩画展を観に行った。初めてである。関西を中心とした展覧会である。

十月九日（水）近江八幡へスケッチ

高槻市の絵画グループ「ひまわり会」のスケッチ旅行。参加者十名。秋晴れの一日だった。東京から来たという絵のグループに会った。

十月十二日（土）台風一九号襲来

静岡県の伊豆半島に上陸し関東東北地方に被害。最近は強い台風が襲来するが、地球温暖化の影響で海水の温度が高くなっていることが原因と言われる。
死者九十一人、不明四人。
七十一河川が氾濫し浸水した。

十月二十日（日）母校創立百十周年
滋賀県立愛知高等学校の創立百十周年記念式典と同窓生の集いが開催され出席した。
第五回卒業生の同級生の出席は七名（男性四名　女性三名）で少なかった。恩師の出席もあったが、私たちが習った先生は一人もいなかった。

十月二十二日（火）夢スター歌謡祭
高槻現代劇場大ホールに於いて「夢スター歌謡祭」が開催された。午後一時から午後三時十分まで。出演者・新沼謙治、瀬川瑛子、千昌夫、北原ミレイ、山本リンダ。それぞれ代表曲や新曲など三曲ずつ歌った。

十月三十日（水）22世紀アートの社員来訪
五月二十三日に22世紀アートから電子書籍のエッセイ集『私と文学と人生』を上梓した。

高橋雄大という若い担当社員が、ごあいさつということで来訪した。近所の喫茶店で面談した。出版の現状について色々と話し合った。

これは日本詩人クラブの「詩界通信」八八号、「関西詩人協会会報」第九五号に紹介された。他には私の母校の滋賀大学経済学部の同窓会報「陵水会年報」の来年度版にも紹介される。一人でも多くの人に読んで頂きたいと願っている。

十一月五日（火）会社のＯＢ会で沖縄の旅

綾羽株式会社の「綾友会」の二泊三日の親睦旅行沖縄の旅。参加者五十名。神戸空港午前十一時発ＳＫＹ５９３。私は神戸空港は初めて。

那覇空港着陸後は琉球村見学。宿泊先はカヌチャベイホテル。

十一月六日（水）美ら海水族館ではイルカショーを見る。名護、お菓子御殿（昼食、買い物）、万座毛見学。宿泊先はロワジールホテル那覇。両日共にホテルは広く立派だった。

十一月七日（木）首里城は焼失したので守礼門のみ見学。平和の礎、摩文仁の丘見学。優美堂（昼食）、ひめゆりの塔、ひめゆり平和祈念資料館を見学。修学旅行生が多数見学に訪れていた。那覇空港発午後四時四十分。神戸空港着午後六時三十分。三日共に晴天に恵まれて幸いだった。
沖縄の旅は昭和六十三年に妻と銀婚式の記念の旅行をした。それからほぼ三十年を経過しての再訪である。

十一月八日（金）高槻市絵画同好会展
高槻市文化祭参加行事として三日間開催される。出品者五十名。私は水彩画一〇号「初夏の女」を出品。

十一月十七日（日）関西詩人協会総会で大阪へ
大阪キャッスルホテルで第二六回関西詩人協会総会が開催され出席した。午後一時三十分開会。
開会挨拶
物故者への黙禱（逝去・佐藤勝太、釣部与志、宇田良子、津坂治男、水谷なりこ）
代表挨拶　左子真由美代表
来賓挨拶　日本詩人クラブ理事長・佐相憲一氏
議長選出
一、議事

議長退任
　休憩
二、講演　以倉紘平氏「現代詩と私——詩の原点について」
三、自選詩集、創立二十五年記念誌　出版記念会
四、新入会員の紹介
十四名の入会があった。若い女性が多く見られた。
五、本年度会員が出版した詩書紹介
三十九冊の詩書が紹介された。私も五月に22世紀アートから上梓した電子書籍エッセイ集『私と文学と人生』を紹介した。

総会の参加者は九十二名であった。物故者の五名の方々とは長く親しくさせてもらっていたので思い出も多い。

第二部として懇親会が開催され盛会のうちに閉会した。世代交代を実感する会だった。

十一月二十一日（木）ひまわり会スケッチ旅行
高槻市絵画グループの「ひまわり会」で一泊二日のスケッチ旅行に参加した。
行き先・知多半島、半田市、常滑市。
名鉄知多半田駅に下車、赤レンガ館を描く。その中にあるレストランで地ビールを飲み

ながら昼食。その後紺屋海道旧中埜家住宅などを歩く。児童文学者・新美南吉が歩いたという所もあった。半田市は古くは織布工場の街であった。

私は紡績会社に勤務していて、およそ五十年ほど前に営業マンとして、よくこの地を訪ねていた。歳月を経て街の様子は一変していた。宿泊場所は名鉄イン半田駅前。夕食は近くの海鮮居酒屋「仙之介」で。

十一月二十二日（金）常滑へバスで移動、やきもの散歩道を往復一時間かけて歩いた。参加者十三名。古いものが保存されていて印象深い旅となった。

十二月八日（日）今年初めての上京
快晴に恵まれ、新幹線の車窓から富士山が間近に見られた。山頂は冠雪していて見事な眺め。

「コールサック」一〇〇号・『東北詩歌集』刊行記念会。エスパス・ビブリオ。六十名ほどが集まり盛会だった。

(三)

十二月二十八日(土)待望の映画を観る

映画「男はつらいよ50 お帰り寅さん」を観る。思ったより観衆は少なかった。「男はつらいよ」は今回が五十作目となる。毎回マドンナが登場するが失意に終わる。この作品は渥美清が健在だった時の影像と新撮のものを継ぎ合わせている。五十年の歳月を感じさせる。

浅丘ルリ子、後藤久美子、夏木マリは現在も活躍の女優。後藤はこの作品のために呼び寄せられたのだろう。往年のマドンナたちが元気だった時の姿を目にすることができたことは貴重であった。山田洋次監督の映画への情熱が伝わって来る作品。

十二月三十一日(火)大晦日の夜はテレビで

テレビ大阪で午後四時から六時間。第五二回「年忘れにっぽんの歌」を見る。午後七時十五分からは「第七〇回NHK紅白歌合戦」。今年私が注目したのは総合司会に「おはよう日本」の和久田麻由子アナウンサーが抜擢されたこと。東大卒の才媛で好感のもてる女性である。演歌を歌う歌手は年々減少して行き紅組七名、白組六名となった。

二〇二〇年一月一日（水）新しい年の幕あけ

息子夫婦と新年を祝う。

今年はオリンピックの年。

日本詩人クラブ七十周年の年。

元気に一年を過ごしたいと願う。

NHKBSテレビで映画「男はつらいよ　柴又慕情」「男はつらいよ　寅次郎相合い傘」を観る。この年になると味わい深い作品である。人生の哀歓が見事に描かれている。

一月二日（木）書き初めの日

高槻市内の神社上宮天満宮に初詣。たくさんの参詣者だった。

第九六回東京箱根間往復大学駅伝競走をテレビで観る。往路優勝、青山学院大学。

東京に住む高校時代の友人二人に手紙を書く。

一月三日（金）箱根駅伝復路

第九六回東京箱根間往復大学駅伝競走をテレビで観る。金栗四三によって創設された箱根駅伝は今年で百周年を迎える。総合優勝、青山学院大学。二年ぶり五度目の優勝は快挙。

一月十五日（水）松の内が終わる
高齢者の方からの賀状の返信がなくなって来た。唯一健在を確認する手段とも言えるのだが。

一月十六日（木）「たかつき賢治の会」新年会
市内のフランス料理店で八名が参加。

一九九六（平成八）年の九月に、高槻市生涯学習センターで西田良子先生による宮沢賢治の講座が始まった。私は六十二歳で勉学の意欲に燃えていた。受講生は五十名だった。

講座が終了してゼミがあり、賢治童話の読書会へと続いた。西田良子先生が関東へ転居後は森井弘子先生に師事した。

二十三年が経過した。私も八十五歳になったので退会することにした。良き師、良き仲間に出会えたことは生涯学習の成果と言える。

一月二十六日（日）第三九回大阪女子国際マラソン
私は大阪の長居競技場（ヤンマースタジアム長居）に近い所に若い日に十年間ほど住んでいた。その頃は毎年沿道に立って大阪国際女子マラソンを応援してきた。現在は毎年テレビ観戦している。有森裕子選手が登場した時も現場にいた。
優勝、松田瑞生、二十四歳、ダイハツ。
三月の名古屋女子マラソンの結果を見て東京オリンピック女子マラソンの選手が決定する。

二月二十日（木）
市内の書店で石原慎太郎、坂本忠雄『昔は面白かったな』（新潮新書）、姫野カオルコ、エッセイ集『忍びの滋賀』（小学館）を買い求める。姫野カオルコは一九五八（昭和三十三）年、滋賀県甲賀市生まれ。「昭和の犬」で第一五〇回直木賞を受賞。
最近の私は午前中は家にいて、もっぱら読書。午後は出歩くことが多く、夜はテレビ。欲は持たず、くよくよ悩まず、酒は適量（二合）といった生活を送っている。

二月二十二日（土）出版記念会で大阪へ
あいちあきら小説集『ペリーの巣』（編集工房ノア）の出版記念会がホテルアウィーナ大阪で開催され参加した。参加者は二十八名。大阪文学学校の友人、「黄色い潜水艦」の同人、「VIKING」同人その他となっている。
「黄色い潜水艦」同人の本千加子さんとは初対面だった。大阪文学学校で川崎彰彦さんの指導を受けた人が多いようだった。
この日、街行く人々はほぼ半数がマスクを着用していた。

二月二十六日（水）
玲風書房から注文していた書籍、松永伍一・脇田和詩画集『鳥の夢』、松永伍一『讃歌――美に殉じた人びとへ』が届く。松永伍一さんとは若い日から親しくさせて頂いていた。

三月十七日（火）お彼岸の墓参り
ＪＲ東海道線を新快速の長浜行に乗車し能登川駅で下車、近江バス八日市駅行に乗り換えぷらざ三方よし前で下車した。今日は彼岸の入りということで、いつも早目にお参りしている。
墓地には掃除のおじさんがいて、通路などがきれいになっていて気持がいい。
昼食は少し足を伸ばして金堂の「たなか」へ。ここは小中学校で同級生のＹ君の実家なのだが、借り受けて営業されているようだ。時節柄、客は私一人だった。時間が静止しているように思えた。帰りのバスの乗客は私を含めて二人だった。

三月二十四日（火）檸檬忌で常国寺へ

第四〇回、梶井基次郎大阪「檸檬忌」が開催され参加した。講演、石野伸子氏（元・産経新聞大阪本社編集局編集委員）。演題「終わらない『檸檬』の伝説」。午後二時〜四時。参加者十名。伊豆湯ヶ島から二名、横浜から一名。遠方からの参加があった。東西が交流することは良いことだと思う。湯ヶ島でも五月に「檸檬忌」が開催される。事務局は高石市在住の竹田勝さん。

最近記憶力が急激に低下してきている。こうして日々の記録を書き記しておくことは大切なことだと痛感している。

（四）

三月三十日（月）

NHKテレビ春の「こころ旅」が始まった。

三重県から出発して北をめざす、火野正平の自転車の旅。食堂での会話が楽しい。

朝の番組「おはよう日本」を担当していた和久田麻由子アナウンサーは夜の「ニュース

ウオッチ9」に異動した。

新型コロナウイルスの蔓延によって、東京オリンピックは二〇二一年七月二十三日から八月八日に延期が決定した。中止にならなくて良かったという思いが強い。選手たちは次の照準に合わせて調整することが大変だろう。

四月七日（火）七都府県に緊急事態宣言

東京都、神奈川、埼玉、千葉、大阪府、兵庫、福岡に一カ月間の緊急事態宣言が発令された。

すべての予定が消えてしまったスケジュール帖を眺めて呆然とする。

四月八日（水）

高槻駅前の松坂屋は地下の食料品売場のみの営業。駅構内の店もほぼ半数が臨時休業としていた。

四月十四日（火）

近くのスーパーマーケットKOHYOは火曜日はシルバーエイジデイで混雑する。今日は入場制限をしていた。お客の密集を避けるためだろう。昼食に行く食堂でも、カウンターの席を一つずつ空けて座るように指示していた。ひとりひとりの忍耐と努力によって新型コロナウイルスを乗り越えることができるのだろう。

四月十六日（木）
全国に緊急事態宣言は発令された。
併せて国民一人当たり十万円を一律に給付すると表明した。

四月二十日（月）
NHKテレビ「こころ旅」、新型コロナ騒動により新しい旅は中止となり、六年前の作品の放映となった。
ABCテレビ「報道ステーション」の富永悠太アナウンサーが新型コロナウイルスに感染して、徳永有美アナウンサーも自宅待機となった。残念なことである。

四月二十一日（火）
外出できない昨今は、家にいて読書かテレビを観るという日常となっている。
テレビは新型コロナ騒動のために新しく取材ができないので、過去の回想番組が多くなっている。これまでに観ていない番組もあり新鮮である。時にはこんなこともあって良いのではないかと思う。
困難に学ぶということを言っていた人がいたがその通りだろう。

四月二十二日（水）
ＪＲ高槻駅前の松坂屋と阪急は地下の食料品売場のみ営業している。アルプラザは全館営業している。一階に大垣書店が入っている。物が自由に買えない時代、第二次大戦中の幼い日のことが思い浮かぶ。コロナ疎開と言われているが、まさにコロナ戦争と言える。

四月二十四日（金）
アメリカへの郵便物の受付が停止となった。これは異常事態と言えるだろう。

四月二十七日（月）
ＡＢＣテレビ「報道ステーション」の徳永有美アナウンサーが復帰した。富永悠太アナウンサーは退院して自宅療養中である。

五月一日（金）

ＮＨＫＢＳドラマ吉川英治作「鳴門秘帖」全十話が終了した。若い日に長篇小説を読んだことを思い起こして感慨深いものがあった。

五月三日（日）古いアルバムひらき

外出ができず家にいる時間が多くなっている。読書ばかりともいかないので書棚から古いアルバムを取り出して眺めている。ヨーロッパを旅した日のものが何冊もある。日頃はほとんど見ることはないのだが、こんな機会に見ておくのも良いかと思っている。当時参加したメンバーなど多少記憶違いがあることに気づく。

五月四日（月）

全国緊急事態宣言は五月三十一日まで延長することとなった。

五月十四日（木）

高校時代の同級生・野田幸子さんから便りが届いた。彼女とは三年間美術部でご一緒した。

姫野カオルコさんは主人の教え子で友人と共にすぐにお悔みに来て下さいました、と記されていた。野田さんのご主人は僧侶の外に高校教師をされていた。

姫野さんは多忙な生活の中で恩師への想いを忘れない作家の誠実さを感じた。

五月十五日（金）

先日の「読売新聞」にこんな時だからこそ手紙を書こう、という記事が掲載されていた。私も連休明けに詩友、友人など三十名ほどの人に手紙を出した。今回は意外に返信が多く届いた。

電話という人もいたが。手紙はやはり心が繋がって良い。少し手間がかかるが、それだけの誠意は伝わる。

六月一日（月）

アメリカに住む二女一家が六月下旬に二週間ほど帰国する予定だったが、来年に延期となった。

（五）

六月十五日（月）
待望のアベノマスクが届いた。マスクはスーパーマーケットの店頭にも並んでいる。あまりにも遅い。

六月二十三日（火）
五月三十一日に申請した特別定額給付金十万円が振り込まれた。

六月三十日（火）
カリフォルニアに住む二女からＦＡＸが届く。四月八日にお菓子、四月十七日に花の本を孫娘に送ったのが一緒に届いたとのこと。二カ月以上かかっての到着である。

七月一日（水）
レジ袋が有料化された。
東京ディズニーランドが四カ月ぶりに再開された。

七月二日（木）

アメリカへの航空便が送れるようになったので二女に手紙を出す。品物はまだ送れない。

七月九日（木）
高校の後輩の個展を観に三カ月ぶりに大阪の街へ出る。梅原宏夫水彩画展、阪神梅田本店九階アートスペース。
ヨーロッパの風景作品が展示されている。

七月十日（金）
プロ野球が観客を入れての試合開始。

七月十三日（月）
ＮＨＫＢＳテレビ朝の番組「こころ旅」が再開された。神奈川県からスタート。

七月十五日（水）
滋賀銀行阪急高槻支店一階ロビーで開催中の友人の「小河原國弘彫刻展」を観る。
最近は彫刻をする人が少なくなっているようだ。久しぶりにセンター街を歩く。

七月十七日（金）

コロナ禍で外出自粛の昨今、自宅でできることは読書。私は昨年電子書籍のエッセイ集『私と文学と人生』（22世紀アート）を上梓した。アマゾンで千円で発売中だが売行きが良くない。ＰＲ不足なのだろう。マンガは電子書籍がよく読まれているようだ。ぜひ応援して頂きたい。

七月十八日（土）

ＴＢＳテレビ「音楽の日」特別企画日本列島花火リレーを楽しむ。滋賀の長浜の花火もあった。石川さゆりが登場しているのも嬉しかった。

七月二十日（月）

ＮＨＫＢＳテレビ「こころ旅」は千葉県に入った。マスクをしての撮影である。食堂へは立ち寄らず弁当での食事をしている。

七月二十九日（水）

ＮＨＫＢＳテレビ朝の「こころ旅」は茨城県に入った。梅雨はまだ明けていない。

七月三十日（木）

全国のコロナウイルスの新規感染者が一千三百二名となり過去最高となった。歯止めがかからないという現実がある。

七月三十一日（金）

昨日に続いて残念ながら感染拡大が止まらない。今日一日で一千五百五十七名となった。

八月二日（日）

高槻市内のギャラリー、アートデアート・ビューで「精鋭作家三人展」鳥垣英了・丁子紅子・石垣至剛を観る。

センター街のギャラリーTSUNAGUで「古賀次郎水彩画展」を観る。

八月七日（金）

全国の感染者は一千五百九十五名となり、これまでの最高となった。お盆の帰省を前にして困った状況である。

八月十二日（水）

『滋賀大学陵水１００年史』に学生生活の思い出の原稿を送稿。二〇二四年発行とのこと、それまで生きる自信はない。

八月十六日（日）

ＮＨＫＢＳテレビ「大文字の送り火」を観る。今年は縮小して行われた。
ＮＨＫスペシャル「アウシュビッツ　死者たちの告白」を観る。

八月二十二日（土）

「高槻現代劇場大ホール」で開催の夢コンサートへ。昼の部は午後一時より。
出演者は橋幸夫、伊東ゆかり、中村泰士、三田明、新沼謙治の五名。
コロナ禍の中で、私の予想以上に入場者は下回った。高齢者も外出自粛が意識されている現実を実感する。現在は演歌が片隅に追いやられているのは残念である。

八月二十八日（金）

安倍首相健康問題で辞意表明、午後五時からテレビ中継で会見。

九月十七日（木）
新詩集『うたかた』が東京の明文書房より三百部届く。スマートレターに封入して発送する。

九月二十六日（土）
八十六歳の誕生日を迎えた。杖もなく歩けるのは有難い。アメリカに住む二女と孫娘からのお祝いの手紙が届いた。孫娘は九月から小学校一年となった。成長が楽しみである。

（六）

九月二十七日（日）
日本詩人クラブ七十周年記念冊子「詩がひらく未来」と「詩界通信」九二号が届く。
十一月十四日（土）に開催予定の日本詩人クラブ創立七十周年記念大会は約一年延期となった。会員の平均年齢が七十歳を超えている現状では、適切な判断であると言えるだろう。

十月三日（土）

「関西詩人協会会報」第九九号（十月一日）が届く。

第三〇回詩画展二十五周年記念・紙上詩画展の小冊子も届く。四十名が参加。

年内の行事はすべて中止となった。年末にはコロナのアンソロジーが発行される。

十月四日（日）

三年ぶりに上梓した新詩集『うたかた』を、十部だけ手許に置いて二百九十部を進呈した。すぐに十部余りが返送されたのには驚いた。転居された人が多いのだろう。

脳溢血、緑内障の手術、糖尿病、圧迫骨折で苦しむ人など、高齢者の病気に悩む人が多いことを知らされる。無事に過ごせていることに感謝しなければならない。

三年の歳月は重いものがある。

日頃交流している人たちからの返信はやはり早い。

作品では「国民学校一年生の会」「あひると鯉」「いつか別れが」「ゆるやかな着地」「うたかた」などが好評であった。

数名の女性からプレゼントを頂戴した。感謝。

西川保市、荒木忠男、栗和実、竹内正企、並河文子のみなさんは、ご高齢なのに返信を頂いた。律儀さには頭が下がる。

十月六日（火）

『近江詩人会七十年』（近江詩人会、十月十日）が届いた。私は一九六一（昭和三十六）年より十七年間ほど在籍した。毎月一回テキスト「詩人学校」が継続して発行されている。現在八四〇号に到達。これは偉業である。井上多喜三郎、武田豊、杉本長夫の諸氏の温情を忘れない。

十月七日（水）

高槻センター街にあるギャラリーTSUNAGUで福内春樹展を観る。油絵、水彩画で海辺の風景や婦人像、裸婦が展示されている。

十月八日（木）

テレビは旅番組を好んで観ている。

NHKBS「こころ旅」「世界ふれあい街歩き」「新日本紀行」など。

対談番組も面白い。ABCテレビ、黒柳徹子の「徹子の部屋」。

TBSテレビ、土曜日の朝の阿川佐和子「サワコの朝」。心に響く音楽が紹介される。

お笑い番組は卒業した。
ＮＨＫ「鶴瓶の家族に乾杯」や「ファミリーヒストリー」も楽しみに観ている。
十月十二日（月）
ＮＨＫＢＳ「こころ旅」秋の旅は北海道、青森を経て、今週から岩手県に入った。昼食は弁当ではなく食堂でするようになった。
十月十九日（月）
滋賀大学経済学部の陵水会から「陵水会年報」が届いた。私の随筆「電子書籍について」が掲載されている。会員、教員の出版紹介として、私の電子書籍『私と文学と人生』（発行所・22世紀アート、発売先・アマゾン）が紹介された。多くの人に読んで頂きたいと願っている。
十月二十一日（水）
詩集『うたかた』を発送してほぼ一カ月が経過した。返信も途絶えた。三年前の『荒磯』の時に比べると返信数はやや少なかったようだ。新しい人への開拓ということが望めない現実がある。

十月二十七日（火）
京都のぎゃらりぃ西利で「T＆H二人展」徳野千恵子、林正夫を観る。ヨーロッパのスケッチ旅行をご一緒した絵の仲間。毎年開催していて今回が十五回となる。
同じ京都の同時代ギャラリーで「中野真理展」を観る。「アサギマダラに心魅せられて」がテーマで大きな油彩画が会場を埋めている。中野さんは高槻市絵画同好会でご一緒した仲間。

十月二十八日（水）
綾羽絵画クラブ（元の勤務先の絵画グループ）例会。滋賀県草津市の綾羽企業年金基金会館が会場。指導・新庄拳吾先生。私は二十年余り在籍している。会員は現在男性五名。コロナ禍で春から休みが続いていたのが九月から再開された。

十一月一日（日）
高槻市文化祭参加。
第六四回高槻市美術家協会展、高槻市生涯学習センター一階展示ホール。
日本画、洋画、立体造形、工芸、書道、写真、デザインの七部門。四十七名が参加。
高槻市絵画同好会展、高槻現代劇場文化ホール二階展示室。

日本画、洋画、水彩画、墨彩画、クロッキーなど。四十二名が参加。

十一月七日（土）

高槻市在住の絵の仲間と昼食会。

場所・高槻JR駅前の阪急（元西武）六階、中華料理・桃谷樓。

参加者・六名（男性五名、女性一名）。

ヨーロッパへスケッチ旅行をした仲間。日展作家や水彩画のカルチャー教室の講師もいるといったメンバー。つくづく良い仲間にめぐり会えたと実感する。

十一月十日（火）

アメリカへはようやく絵本が送れるようになった。暗いニュースが多い中で、明るいニュースもある。

二〇二六年に首里城が復興される。

あとがき

『旅をした日』は四冊目のエッセイ集です。Ｉの五篇はいずれも新しく書いたもので、これまで未発表です。

他の作品は主に「詩霊」と「コールサック」に発表したものです。「老いのほそ道」は老後の日常を書き留めようと思ったものです。後に続く人たちに少しでも役立てれば幸せです。

コロナの試練を受けて、狂わされた生活の中から生きる光明を見出して行かねばなりません。本を読む、日記を書く、手紙を書く。そんな地道な歩みの中で、長いトンネルを抜け出る日が訪れるかも知れません。

その日のために歩き続けましょう。

このエッセイ集の出版の機会を与えて下さった土曜美術社出版販売の高木祐子さんに感謝申します。

令和三年　新春

外村文象

著者略歴

外村文象（とのむら・ぶんしょう）

一九三四年（昭和九年）　九月二十六日、滋賀県東近江市五個荘川並町に生まれる。父・外村祖治郎、母・さよの長男。本名・元三。

一九五三年（昭和二十八年）　三月、滋賀県立愛知高等学校卒業。在学中は美術部に所属。この頃より詩作を始め「文章倶楽部」「若い広場」「詩学」などに投稿する。

一九五六年（昭和三十一年）　三月、滋賀大学経済短期大学卒業。在学中は文芸部に所属。「ともしび」発行。

一九五六年（昭和三十一年）　四月、綾羽紡績株式会社（現・綾羽株式会社）に入社。

一九五八年（昭和三十三年）　四月、文芸同人誌「アシアト」創刊（一九六四年十月、二〇号で終刊）。

一九六一年（昭和三十六年）　近江詩人会に入会。この頃「小説新潮」詩欄に投稿。

一九六三年（昭和三十八年）　十二月、八神由喜子と結婚、大阪府茨木市の文化住宅に住む。

一九六四年（昭和三十九年）十二月、長男・圭司誕生。

一九六六年（昭和四十一年）十二月、長女・緑誕生。

一九七二年（昭和四十七年）十二月、二女・恵理子誕生。

一九七九年（昭和五十四年）十月、日本詩人クラブ会員となる。

一九九〇年（平成二年）十一月五日、妻・由喜子、脳腫瘍で死去。享年五十歳。

一九九四年（平成六年）十月、関西詩人協会入会。

一九九九年（平成十一年）七月、「金澤文學」第一五号（千葉龍主宰）に参加。

二〇〇六年（平成十八年）六月から三カ月、悪性リンパ腫のため大阪医科大学血液内科に入院、完治。

二〇〇八年（平成二十年）六月、「岩礁」（大井康暢主宰）に参加。

二〇一三年（平成二十五年）川島完氏の誘いで「東国」一四五号より参加。

二〇一六年（平成二十八年）五月、「詩霊」第四号（黒羽英二主宰）に参加。

現住所　〒569−1029　大阪府高槻市安岡寺町四−四〇−七

〔新〕詩論・エッセイ文庫　14

旅をした日

発　行　二〇二一年五月二十日

著　者　外村文象
装　丁　高島鯉水子
発行者　高木祐子
発行所　土曜美術社出版販売
〒162-0813　東京都新宿区東五軒町三—一〇
電　話　〇三—五二二九—〇七三〇
FAX　〇三—五二二九—〇七三二
振　替　〇〇一六〇—九—七五六九〇九
印刷・製本　モリモト印刷

ISBN978-4-8120-2619-9　C0195